感动系列 | 最新版

守候雨季的大伞

GAN DONG ZHONG XUE SHENG DE 100 GE FU MU

感动中学生的100个父母

总主编◎刘海涛

本册主编◎梁素红 李育梅

九州出版社 JIUZHOUPRESS | 全国百佳图书出版单位

图书在版编目(CIP)数据

守候雨季的大伞:感动中学生的100个父母 / 梁素红,李育梅主编. —北京:九州出版社,2009.4(2021.7 重印)

(“读·品·悟”感动系列:最新版 / 刘海涛主编)

ISBN 978-7-5108-0031-3

Ⅰ. ①守… Ⅱ. ①梁…②李… Ⅲ. ①故事-作品集-世界 Ⅳ. ①I14

中国版本图书馆 CIP 数据核字(2009)第 053898 号

守候雨季的大伞:感动中学生的100个父母(最新版)

作　　者	梁素红　李育梅　主编
出版发行	九州出版社
地　　址	北京市西城区阜外大街甲 35 号(100037)
发行电话	(010) 68992190/2/3/5/6
网　　址	www.jiuzhoupress.com
电子信箱	jiuzhou@jiuzhoupress.com
印　　刷	北京一鑫印务有限责任公司
开　　本	710 毫米×1000 毫米　1/16
印　　张	15
字　　数	208 千字
版　　次	2009 年 5 月第 1 版
印　　次	2021 年 7 月第 3 次印刷
书　　号	ISBN 978-7-5108-0031-3
定　　价	39.90 元

新课程·新学法·新成果

刘海涛

这是一种与以往不同的新的学习方式。

在中小学语文新课标里这种学习方式被定义为探究式学习，在高中和大学里被理解为研究式学习。同学们在教师的指导下，确立了一个探究文学问题的目标，为了解决这个问题就需要重新整合自己过去已学过的知识，重新确定新的阅读材料和阅读方法，通过自己投入身心的感受、体验以及创造性的写作去表达自己的理性认识和审美态度。这种阅读、品味、感悟的全过程就是一种语文选修课（研究型课程）要经历的全过程。这样的课程和过程，有利于培养过去的语文教学中比较忽略的鉴赏能力和语文素养；有利于激活同学们主动地创造性地进行自主学习的积极性；有利于把“成功素质教育”的实施真正落实到教与学的实处。

在大中小学语文学科的教学改革中究竟怎样有效地开发出这种带有研究性质的文学类选修课？怎样引导学生的课外文学阅读？怎样构建同学们开展研究式阅读和创造性写作的教学平台？这样一种“读·品·悟学习法”开始引起了众多师生的关注。“读·品·悟学习法”是让同学们在自己感兴趣的文体中开展广泛的有选择性的文学阅读，在广泛的文学阅读中挑选出一篇或一组真正感动了他们、启迪了他们的文学精品，并把这些挑选出来的文学精品当做他们研究社会、研究人生、研究历史，甚至是研究他们自己的案例。在赏析、解读、研究、评鉴的过程中，他们的思想、感情被文学精品隐含的意蕴激活了，他们联想了自己已经经历的生活，他们想象了自己未曾经历过的生活，他们初步学会了用一种人文社科的研究方法去探究文学案例，并创建一种他们用自己的眼睛和心灵观察过、体验过的生活世界和艺术世界。

多少年来一直被教育理论家倡导的"自主性学习"、"探究式学习"以致那种"快乐学习"、"快乐教育"的情景在这里显现了。同学们体验到了一种自己掌握自己学习的愉悦。他们好像是在大声喧闹着展开一场智力竞赛——看谁选的文章好看，看谁写的研究性文章分析到位，看谁编选的文集拥有的读者多。一种新的阅读方式在这种"竞赛"中启动了，一种真正的"我手写我口"、"我手写我心"的写作本体观在这种"竞赛"中重现了，一种"成功教育"、"快乐教育"的情景悄无声息地来临了……

他们在做着他们的老师在50岁时才开始做的主编工作，他们学会了用青少年的眼光和心灵去选择他们需要的文学精品和文学案例；他们选出来的文学精品甚至让他们的老师大跌眼镜——一些名不见经传的作者和作品频频亮相于他们的文集中——这并不奇怪，因为他们的选文标准是真正拨动了他们心弦的东西。经典的作品因为拨动了青少年的心弦他们选了，不那么经典的作品只要能拨动了青少年的心弦的他们也选。他们工作后的副产品能让许多社会学家、心理学家、青少年思想教育家颇感兴趣，因为这个"感动系列"已经成为一扇把握当代青少年学生的思想脉搏，了解他们那些或者是朴素的、或者是新潮的、或者是另类的价值观的一个窗口。他们的工作也可能会让一些当代文学的研究者、参与者颇感兴趣，他们实际上在做着一项分类准确、原则鲜明的当代文学选本工作，这样的选本可以说是为权威专家的文学选本贡献了一个特定的"补充"。他们的工作还可能会让一些课程理论专家和教学理论专家颇感兴趣，他们"读·品·悟"的全过程不正是一个典型的课程构建过程吗？

"读·品·悟学习法"催生了"读·品·悟感动系列丛书"。这套丛书的组稿与出版，显影了大中小学语文学科正在生长、发育的一种课程新理念，这就是——"审美型阅读、研究式学习、创造性写作"。这个语文新课程理念隐含着成功素质教育的内核，体现着现代教育的真正本质，也为基础教育、高等教育的课程改革培育了一个生动的教学案例。

目录

Part One 榕情依依

微风拂过，我仿佛看到父母微笑着站在面前，缓缓地抚摸着我的秀发，他们虽然不说话，但我却读懂了眼神中深深的慈爱。在父母的目光里我读懂了一种博大的亲情，那是一种江海般宽大的胸怀、一种升华的永恒之爱！

目录

Part Two 永恒的箴言

纵使是丹青高手，也难以勾勒出父母那坚挺的脊梁；即使是文学泰斗，也难以刻画尽父母那不屈的精神；即使是海纳百川，也难以包罗尽父母对儿女的关爱！

Part Three 你很重要

假若苍天有灵，再给我一个只与父母同过的节日，我只求同往年一样，与父亲饮餐茶与母亲聊聊天。如果这个请求太过分，再省一点，让我拥着父母，只说一句——爸、妈节日快乐！足矣。

Part Four 纸上的声音

往事追随着窗外的雨一滴一滴溅出记忆的水花，这个时候我真的好想再次让您扳起我的手指，算算我们父女独有的一加一数学式……

目录

Part Five

最后的愿望

从现在开始，从每一件小事做起，让我们珍惜每一刻孝敬父母的幸福时光，让每一天都变成父母的节日！

Part Six

爱的吟唱

这只手曾经无数次地挥动锄头，掌握犁耙，收割稻禾，拔除杂草；这只手曾经握着我的小手写过毛笔字，陪我打过乒乓球，给我削过木枪，也打过我的小屁股……父母的爱如深情的吟唱久绕身边，不因离别而飘淡，不因岁月而褪色。

爱如涓涓细流，浸润着我的心田，洗涤着我的心灵，让我在人生路上挫而不折，仰之弥高，钻之弥坚。

Part One

榕情依依

微风拂过，我仿佛看到父母微笑着站在面前，缓缓地抚摸着我的秀发，他们虽然不说话，但我却读懂了眼神中深深的慈爱。在父母的目光里我读懂了一种博大的亲情，那是一种江海般宽大的胸怀、一种升华的永恒之爱！

在父亲与会计的喋喋不休里，在那碗推给儿子的红烧肉里，在从火车窗口中送出的10元钱里，在信中夹着的那半张钞票里，我都读到了父亲对儿子朴实真挚的爱。

天下父亲

傅昌尧

达娃在城里上大学，达娃大名叫李达，家在遥远的大别山深处。

开学有日子了，李达的学费还没交，学校知道李达的情况，没有狠着催他交款。可李达心气高，总觉得像偷了人的，浑身毛刺刺地难受，上课也不入心，人蔫蔫的。家里穷，李达其实不想念书，可拗不过父亲；父亲狠着哩，从小就逼李达念书，一直逼到现在。李达已经高过父亲一个脑袋，可父亲照样揍他，当然是为了念书。

这天晚上，李达在宿舍无心看书，便早早蒙头睡下了。一会儿，同学将他捅醒，说李达，宿舍门口有人找你，门卫不让进。李达一愣，在这座城里，除了同学还会有人认识自己？莫不是父亲来了？给咱送学费来了。李达哧溜下床，连鞋也顾不得穿就朝门口奔去。

果然是父亲，昏暗的灯光下，灰蒙蒙、矮小的一个山里人，肩上背着一只蛇皮口袋。李达心一紧，泪蛋蛋就从眼皮底下往外拱。李达上前接过口袋，说，爹你多会儿来的？咋不说一声？我好去接你啊！父亲抹了一把脸上的泥汗说，我不缺胳膊不少腿的要你接啥？耽误你念书哩。再一看李达身上披着衣服，光着脚，就黑了脸说，你这么早就躺下了？我就知道你离了我不会正经念书。李达赶紧说，我……这是躺在床上看书，不是睡大觉。胡扯！父亲说，我从小就对你说，床是懒地儿、盐坑坑，撒啥好种子，都只长野花野草。李达不敢顶嘴。

李达给父亲泡了一碗方便面。李达不是不想领着父亲去外面吃夜宵儿，像那些城里学生一样。可李达不敢，他怕说出口就遭父亲骂，父亲的口头禅是：你别一进城就变“修”了。可睡觉得给父亲安排好，因为父亲这一路少说有三天没歇脚地奔波，李达每次回家也是那样。学校的招待所在地下室，很便宜，李达说，爹，我送你去招待所睡觉。父亲眉毛一竖，说，你真变“修”了，发财啦？你这不是铺吗？我先睡，你念书。夜里我起，你睡。李达不敢吱声。

学费是父亲和李达一块去财务室交的，父亲不停地对涂着口红的会计小姐点头赔不是：大姐，对不住！晚了，地里头庄稼正长草哩，马虎不得，耽搁了……没误事吧？我这娃嘴木，不识礼，有不周到的地方，你可劲骂，可劲打。年轻的会计不知所云，李达一旁又不敢笑。

第二天正好是礼拜天，李达想留父亲在城里玩两天，说爹我领你去看过去皇帝住过的地方。父亲这回没说他变“修”了，笑得满脸皱褶开花，说，达娃，我知道你是想孝顺爹，你爹我还真想去看看皇帝老儿快活的地儿……可现在还不是时候，等你出头了，在城里扎了根、落了窝了，我和你娘来享享福也不晚。你要过意不去，就上你们食堂给我买一碗红烧肉来，我晚上喝二两，然后可劲睡一宿，明天你送我上火车。

吃饭时，父亲却不动那香喷喷的红烧肉，李达说，爹你不是爱吃吗？怎么不吃？父亲突然抹起泪来，哽咽道：达娃，我听你同学说，你很苦，一边念书还一边干活挣钱。你小时候就馋肉，今天可劲吃，爹要看你吃下去……李达和父亲谁都吃不下。

第二天送父亲上火车时，人特多，父亲刚挤上去，列车就启动了。

李达没有像城里人那样向父亲挥手，而是在站台上和列车一同往前走着，两眼盯着父亲，一眨不眨地盯着父亲。突然，父亲趴在窗户上向李达招手，李达以为父亲有话要说，就迎上去。却见父亲手上攥着一张10元的票子，说，达娃，我算错了，这路上只要47块钱就够了，多出10块来，你拿着！李达浑身一颤，说爹你带着，路上买点好吃的。父亲却吼道：我算过了，多出10块，你拿不拿？！李达见父亲要扔下来，忙说，风大，别扔下来，你留着用。父亲脸紫了，狠命地挥着手。李达紧跑几步将父亲的手往回推，可父亲的手像山里的柞树一样坚硬，往李达手心塞那张票了。这时，一个车站警察一把将李达揪住，危险！火车走远了。李达低头发现手里攥着被撕坏的半张10元票子，李达两眼模糊地看着远方。

几天后，李达准备将那半张票子寄回家里，因为另外半张也许在父亲手里。可信刚要寄出去，李达就收到父亲的来信和半截票子，拆开一看，上面就一行字：

我儿达娃，用饭糊糊粘一下，能用……

不可言语的父爱 ◎安　勇

读完这篇小说，我眼前浮现出了这样一幅画面：一位双手结着老茧，额上刻满皱纹，身材矮小的乡下男人，正默默注视着在灯下读书的年轻人。男人写着岁月沧桑、灰蒙蒙的脸上洋溢着欣慰满足的微笑。男人的生活非常贫困，但却尽心尽力地供年轻人读书。因为他是这个年轻人的父亲，他盼望着他能有出息，能够成才。在父亲与会计的喋喋不休里，在那碗推给儿子的红烧肉里，在从火车窗口中送出的10元钱里，在信中夹着的那半张钞票里，我都读到了父亲对儿子朴实真挚的爱。虽然生活比不上城里的同学富裕，但有了这份父爱，我想李达就是世界上最幸福的那个人。

伟大的母亲用她的爱编织成的几句谎言，给了孩子一份宝贵的鼓励和坚强的自信。

一位母亲与家长会

刘燕敏

第一次参加家长会，幼儿园的老师说："你的儿子有多动症，在板凳上连 3 分钟都坐不了，你最好带他去医院看一看。"

回家的路上，儿子问她老师都说了些什么？她鼻子一酸，差点流下泪来。因为全班 30 位小朋友，唯有他表现最差；唯有对他，老师表现出不屑。然而，她还是告诉了她的儿子。

"老师表扬你了，说宝宝原来在板凳上坐不了 1 分钟，现在能坐 3 分钟了。其他的妈妈都非常羡慕妈妈，因为全班只有宝宝进步了。"

那天晚上，她儿子破天荒地吃了两碗米饭，并且没让她喂。

儿子上小学了。家长会上，老师说："全班 50 名同学，这次数学考试，你儿子排第 49 名。我们怀疑他智力上有些障碍，您最好能带他去医院看一看。"

回去的路上，她流下了泪。然而，当她回到家里，却对坐在桌前的儿子说："老师对你充满信心。他说了，你并不是个笨孩子，只要能细心些，会超过你的同桌，这次你的同桌排在第 21 名。"

说这话时，她发现，儿子暗淡的眼神一下子充满了光彩，沮丧的脸也

一下子舒展开来。她甚至发现，儿子温顺得让她吃惊，好像长大了许多。第二天上学时，去得比平时都要早。

孩子上了初中，又一次家长会。她坐在儿子的座位上，等着老师点她儿子的名字，因为每次家长会，她儿子的名字在差生的行列中总是被点到。然而，这次却出乎她的预料，直到结束，都没听到。她有些不习惯。临别，去问老师，老师告诉她："按你儿子现在的成绩，考重点高中有点危险。"

她怀着惊喜的心情走出校门，此时她发现儿子在等她。路上她扶着儿子的肩膀，心里有一种说不出的甜蜜，她告诉儿子："班主任对你非常满意，他说了，只要你努力，很有希望考上重点高中。"

高中毕业了。一个第一批大学录取通知书下达的日子。学校打电话让她儿子到学校去一趟。她有一种预感，她儿子被清华大学录取了，因为在报考时，她给儿子说过，她相信他能考取这所学校。

她儿子从学校回来，把一封印有清华大学招生办公室的特快专递交到她的手里，突然转身跑到自己房间里大哭起来。边哭边说："妈妈，我一直都知道我不是个聪明的孩子，是您……"

母爱的力量 ◎安 勇

几次平平常常的家长会，一位母亲含着眼泪说出的几句谎言，连接起来的是一个孩子的成长历程。这个孩子一点也不聪明——在幼儿园老师的眼里他有多动症，在小学老师的眼里他智力上有障碍，在初中老师的眼里他考重点高中有点危险。但就是这个孩子，却创造了一个不大不小的奇迹，高考结束后，收到了名牌大学的录取通知书。这一切只有一个原因，就是那位伟大的母亲用她的爱编织成的几句谎言，给了孩子一份宝贵的鼓励和坚强的自信。正是这份鼓励和自信让孩子不断地取得进步，最终获得了成功。

我想，那个歹徒说的没错，这位母亲确实有夜视眼，或者说她根本就无需眼睛，一份对女儿的深爱，就能把她所有的黑夜照亮。

母爱无敌

赵建文

张丽萍加完班回到家，发现家里黑着灯。她稍微愣了一下，才记起来，丈夫带女儿去医院看门诊了。想起女儿，张丽萍的心一阵抽搐。女儿只有18岁，却不幸染上了恶性眼疾，眼球慢慢萎缩，最后的结局是完全失明，唯一的希望是眼球移植。

张丽萍掏出钥匙打开门，拉开灯，被眼前的景象惊呆了：家里所有的橱柜都大敞四开，显然被人撬过了。天哪，给女儿准备的手术费！张丽萍冲进卧室，在床下的一个夹缝里抠索了一会，谢天谢地，银行卡还在。

“藏得好严实啊！”突然，一个彪形大汉不知从哪里闪身出来，手里握着一柄寒光闪闪的尖刀。

张丽萍脸色煞白，浑身不由自主地哆嗦着：“你……你……想干什么？”

大汉凶相毕露：“干什么？抢劫！要命的话，把银行卡交给我！”

“求求你，这是给我女儿看病的钱……”

歹徒却不给她思考的时间：“快，把银行卡扔过来！我只想抢钱，不想

杀人！”

张丽萍只得把银行卡丢过去。歹徒捡起银行卡，塞进衣袋里，用尖刀威逼着张丽萍：“把密码告诉我！别打歪主意，如果你用假密码欺骗我的话，当心你的女儿！”

张丽萍在那一瞬间就打定了主意。无论如何，她要把这个穷凶极恶的家伙捉住。她不容许任何人威胁她女儿。

她装出一副像是被吓坏了的样子：“密码……我……我记不起来。”

歹徒“劝导”说：“你好好想想，你是不是记在什么地方了？”

“我想想，你能不能……离我远点？我害怕。”

歹徒看看她，觉得这个弱不禁风的女人对他构不成什么威胁，向后退了两步。

“我可能……记在一个小本子上了。我能不能找找看？”

歹徒有点不耐烦了：“快点！”

张丽萍站起身来，走向梳妆台，拉开一只小抽屉。歹徒紧张起来，把尖刀一挑，随时准备扑过来。张丽萍一直把抽屉拉出来，举给歹徒看。里面只有一些化妆用品，还有一个小本子。

张丽萍打开小本子，一页页寻找着翻看。可卧室里太幽暗，张丽萍只好吃力地把小本子举到眼前，几乎贴到脸上了。“我能不能插上台灯？”张丽萍问歹徒。歹徒点点头。张丽萍心中一阵狂喜。不动声色地把台灯的插头插到墙上的电源插口上。只见火光一闪，“啪”的一声，整个屋子陷入一团漆黑。保险丝烧断了！这只没来得及修理的短路了的台灯立了大功！

“怎么回事？”歹徒被这意外的变故吓了一跳，他瞪大双眼，可无济于事。屋外没有路灯，屋子里除了黑暗还是黑暗。

“要命的话，你就别乱来！”歹徒警告着，挥舞着尖刀。

电话突然嘟嘟地响了起来，然后是三声急促而连贯的拨号声，再然后，一个甜润的女声让歹徒肝胆俱裂：“你好，这里是110报警中心……”

歹徒冲着声音响起的方向一个箭步冲过去，一手挥舞着尖刀，一手摸索着找到电话，用力扯断电话线。

刀子没有扎到张丽萍。歹徒倒退着想原路退到门边，却被梳妆凳绊了一下，扑通一声重重地跌倒在地。当他吼叫着爬起来，就再也找不到方向了。屋子里一片骇人的寂静。歹徒狂躁起来，这么耗下去，形势会越来越对他不利。他用尖刀开路，试探着朝一个方向摸过去，碰到了一块布。啊，那是窗帘。他抓住窗帘，一把扯开，却大失所望，窗外依然是漆黑一团，连一丝星光都没有。

“嗨！”那女人在身后叫他。他猛转身，瞪大双眼在黑暗中搜寻那女人，正好被扑面喷来的气雾杀虫剂喷了个满眼。歹徒双眼一阵刺痛，惨叫一声，忙拼命地用手揉。

卧室的房门吱了一声，虽然很轻微，歹徒还是听到了。他朝着响声摸过去。门是开着的。门外就是客厅，客厅的门直接通向院子，只要到了院子里，他就算逃过了这一劫。

歹徒朝客厅门摸过去，却碰到了茶几。不对啊，明明记得房门就在这个方向啊。歹徒摸出打火机嚓的一声划着火，高举起来四处望。他看到了，那女人就站在不远处对他怒目而视，手里拿暖水瓶！歹徒再想躲避，已经晚了，热水“哗”地一下泼向歹徒持刀的右手，歹徒手里的尖刀应声落地，黑暗中，张丽萍飞起一脚踢向尖刀，尖刀当地在墙上撞了一下，就不知落到什么地方了。

“大姐，银行卡我还给你，你高抬贵手放我走吧！”歹徒颤着声哀求道。

“那好，你先把银行卡给我放下。往前走 3 步，再向左走两步，前面是电视柜，就放在那上面。”无可奈何的歹徒只好顺从，果然在那里摸到电视柜。歹徒放下银行卡，就听女人又说：“现在，原路退回去。”歹徒照办，不料却一脚踩进套索里。套索猛地收紧，歹徒重重地栽倒在地上。歹徒挣扎着去解套索，就听一声断喝：“不准动！”张丽萍说，“我还有一壶开水

呢！乖乖躺着吧，否则就把你的脑袋煮成熟鸡蛋！”

外面警笛尖利的鸣叫着，由远而近，在附近停了下来，然后就听人声杂沓。歹徒有气无力地瘫倒在地上，心有余悸地问张丽萍：“大姐，你让我死个明白，你是不是有特异功能，会夜视眼啊？”

张丽萍冷冷一笑，回答说：“你错了，我不会什么夜视眼。从女儿的眼病确诊那一天，我就准备把我的眼球移植给她了。那以后，我就一直训练自己在黑暗中生活，现在看来，成绩还不错。”

直到被押上警车，歹徒才痛悔地想清楚：你可以欺凌一个女人，但千万不能招惹一位母亲啊。

母爱无敌 ◎安 勇

一个入室抢劫的歹徒，遇到一位留着钱为女儿治病的勇敢的母亲，真的不太走运，更何况他还愚蠢地用女儿作为威胁的手段，这更激起了母亲保护女儿的决心。于是，这个倒霉的歹徒陷入了一团黑暗之中，被梳妆凳绊倒，被杀虫剂袭击，被浇了一头开水，最后还被生擒活捉、绳之以法。当他有气无力地瘫倒在地，心有余悸地问那位母亲是否有特异功能，会夜视眼时，他才突然明白，原来捉住他的是无敌的母爱。就是因为有了那份爱，母亲才下定了为女儿换眼睛的决心，提前开始了在黑暗中生活的训练。我想，那个歹徒说的没错，这位母亲确实有夜视眼，或者说她根本就无需眼睛，一份对女儿的深爱，就能把她所有的黑夜照亮。

看似平常的一次测量，实际上却在父亲的心中进行得无比艰难，既有期待又有担心，充满了父亲对儿子的爱和呵护。

1.73 米的父爱

游　睿

高考了。夏天，成绩还没下来。热，闷。你坐在堂屋，电风扇吐出来的热风始终吹不干你脸上的汗水。你看了看屋外灼热的阳光，对着里屋喊了句，“爹呢？”娘边跑出来边在围腰上擦着手说：“死老头子，不知道忙什么去了。”爹就在这时进来了。爹的脸上淌着汗水，皱纹立马堆出一堆笑容。“说什么呢，来，儿子过来。”爹招着手，叫你。你不知所措地走过去。爹用手拍拍你的肩膀，“站好，站直。”这时你才发现，爹的手上原来早就多出了一把卷尺。“来，爹给你量量。”“无聊。”你奇怪地看着爹，丢了一句话就折身进了屋。你心情不好，尽管那时你看见爹的手抖了抖。爹说：“不量就不量，啊。”爹的脸上依旧是笑容。整个中午你都没睡好，你心里乱。当你开门出来的时候，看见爹正站在门口，爹的脚下踩着个小板凳，望着你笑。爹说：“儿子，我给你说个悄悄话。”你疑惑地把耳朵靠近爹，听见爹正一字一句地说：“你的成绩下来了，考了 600 多分，能上大学。”你愣住了，接着跳了起来，“真的吗？真的吗？”“是真的，我亲自去看的！”爹说。“太好了。”你高兴地冲出了家门。但隐约中你感觉爹并没

你理想的那么高兴。傍晚的时候你才回来。回来以后你才看到爹无比的高兴，那高兴劲儿是从来就没有过的。你奇怪，难道有什么事比我的高考成绩还值得高兴？爹一把搂着你说："太好了，孩子，你的身高有 1.73 米呀。"你笑了，对呀，1.73 米正是自己的身高。"可是你怎么知道的呀？"你问爹。"测量的呀。"爹说。"测量？什么时候？""中午你起床的时候，我站在小板凳上和你说话。刚好那时我和你一样高。你走之后，我用我的身高加上小板凳的高度，结果是 1.73 米，这就是你的身高呀。"爹接着说："其实上午我就知道你的成绩出来了。你报考的那个学校，对身高要求很严格，必须要 1.70 米以上的才能录取。你有 1.73 米就足够了，所以你是一定能被录取的。我才放心呀。"你不由得震惊，你低头，发现爹比自己矮了好大一截。爹的个子在你面前显得单薄而且渺小。你想象着这个比自己矮了很大一截的男人，是如何用卷尺先量他自己的身高，再量一个小板凳的高度的样子，你就再也忍不住紧紧地抱住爹的身体。你说："爹，1.73 米的高度是你给我的呀，"你又说，"爹，对不起。"在爹拍着你的肩膀的时候，你流泪了。

雕　像 ◎安　勇

儿子正在为高考的分数忧心忡忡心绪不宁，提前知道分数的父亲却在为儿子所报学校对身高的要求提心吊胆。父亲试图测量儿子的身高，却遭到了心情烦躁、不明就里的儿子的拒绝。父亲怕儿子在希望后迎来更大的失望，所以不愿在没有确定答案前揭开谜底。于是，这位聪明的父亲像三国时的曹冲称象一样，想出了一个站在板凳上间接测量儿子身高的办法。看似平常的一次测量，实际上却在父亲的心中进行得无比艰难，既有期待又有担心，充满了父亲对儿子的爱和呵护。等到父亲得出了 1.73 米的数据后，他终于心满意足地把分数告诉了儿子，此时，儿子才知道父亲的良苦用心。儿子紧紧抱住父亲的情景，也像一座雕塑，挺立在父子二人爱的世界里。

年老的父亲，需要的并非是真正的拐杖，而是子女们感恩之手的搀扶。

父亲的拐杖

骆　明

小时候父亲曾让我猜过一个谜语，“生出来四条腿，长大了两条腿，老了三条腿。”我怎么也猜不出来，父亲哈哈大笑：“那是人啊！”这笑声还在耳边回荡，父亲却已拄上了拐杖。

我写信给兄弟姐妹，告诉说：“年迈的父亲走路需要拐杖了。”不知是我没写清楚还是他们没读懂，每人都邮来一根拐杖。有根雕的、妃子竹的、檀香木的、不锈钢的、带电灯的、报警的，国外的弟弟那根更是尖端产品，带伞带坐凳的，一捆各式各样的拐杖够父亲拄上几个世纪的了。

来信的内容就像复印件一样，都是问候老人，让我照顾好父亲的话，还说拐杖不合适再邮。只有大哥在信中说：“四弟，我邮寄的只是一份孝心，而不是孝道。父亲一生从来没有向儿女索要过什么，也不要报答。今天他老了，儿女们该尽义务了，可我却在千里之外，心里很内疚，只好拜托了。我知道你会做得很好，但要记住父亲真正需要的不是拐杖，而是亲情……”大哥已是年过花甲，儿孙满堂的人了，读了他的信让我泪流满面。

母亲过世早，父亲又当爹又当妈担起双重的责任，省吃俭用，含辛茹苦，把爱心全部倾注到自己的儿女身上。那时我看到父亲弯下背的身影，在内心许下诺言，日后一定要好好报答父亲，让他过幸福的晚年。

日子久了，诺言就慢慢淡忘了，只剩下照顾好父亲的起居饮食了，忘记了父亲真正需要的是什么。为了生计东奔西走，稍有空闲便困守案头，又何曾注意过父亲的心情？父亲常走进我的房间，在我身边静静坐上一会儿，之后又回到自己的屋中，从里面传出电话机反反复复的开关声……有段时间我明显地感到父亲精神郁闷，忧伤失落。那一天，我问父亲是不是生病了，他含着泪说："你就是再忙，也该与我说说话……哪怕一个小时……"

父亲的话令我恐慌，一个怪怪的念头出现了，将来有一天我会不会也要对女儿说出，"来看看我……只要半小时……"

我捧起父亲那双日渐枯槁、布满青筋的手失声痛哭，那曾经是一双多么有力的手啊！而今，拐杖限制了他的自由，水泥墙使他脆弱孤独。我要履行我的诺言，保持父子间爱的延续，让年迈的父亲得到儿子时时送来的温暖。每天抽出一定的时间与父亲讲讲我外面的趣事，聊聊小时候我是如何淘气……父亲总是耐心聆听我的讲述，讲到动人之处，我们父子都沉醉在过去的美好时光中。

常与父亲交谈，父亲也萌发了活力，时不时对我说些他年轻时的经历、读书看报的心得、养花育草的乐趣……文稿写好了先读给父亲听，有意把校对的事交给他。看到父亲戴着老花镜一字一句专心推敲时的样子，让我感到特别欣慰。

有句谚语："父亲帮儿子时，两人都笑了；儿子帮父亲时，两人都哭了。"我不去"帮"父亲，尽管他年迈、迟缓，我是想让父亲与儿子的笑声永存。傍晚我搀扶着父亲去河边散步，仰望那静谧的星空，踩着松软的泥土，呼吸着青草的芳香，看着流逝的河水，我把心中的喧嚣沉淀下来，留下一片宁静和真情去陪伴步履蹒跚的父亲。

"我要永远陪伴着您。"

"不要这样讲，我不久就会离去。"

"这个我知道……"我写信给像种子一样散布在各地的兄弟姐妹，告诉他们："不要再邮寄拐杖了，因为父亲身边有我。"

我们都是父亲的拐杖 ◎安 勇

很小的时候就听说过乌鸦反哺的事情，说的是小乌鸦长大后，会像从前父母喂养它们一样，反过来供养自己的父母。唐朝诗人孟郊也在他那首著名的《游子吟》里写道："谁言寸草心，报得三春晖。"我想，正是这种父母对子女的养育之情，和子女对父母恩情的回报世世代代地延续下来，才完成了人类社会繁衍生息的过程吧！就像这篇小说里的年老的父亲，需要的并非是真正的拐杖，而是子女们感恩之手的搀扶。好在小说里的"我"懂得了这个道理，发自内心地对兄弟姐妹们说了一句："不要再邮寄拐杖了，因为父亲身边有我。"

原来，母亲经常从食堂拿东西回家，每拿一样她都打一个欠条留下，明摆着：欠条最终都是要还的呀！可怜的母亲一直没有这个能力偿还。

母亲的99张欠条

郭 超

听说过这样一个故事：有一女子很早就死了丈夫，不得不带着 3 岁的儿子四处流浪，最后终于在一个工厂的食堂落脚，做零工。这样一干就是 15 年，15 年来她含辛茹苦，倾其心力地抚养儿子。她的心血没有白

费，儿子长大成人，品学兼优，现在是一所名牌大学的学生。同学们从他发表在校刊的一篇散文上知道他有一位可敬的母亲，他为此而骄傲。

一天，正在上课的他突然接到电报：母病危，速回。他如遭雷击。日夜兼程赶回家时，人们把他引进太平间。原来母亲已经去世多时了，是喝"毒鼠强"自杀的。他怎么也想不明白，母亲为什么自杀？办理完母亲的后事，他在家里发现了一个带锁的木盒，打开一看，目瞪口呆。里面有他的来信和一沓欠条，欠条上写的东西千奇百怪：今欠食堂包子两个……今欠食堂鸡蛋一个……今欠食堂瘦肉一两……欠条上的时间远的十几年前，近的半年左右。读着一张张欠条，他的眼前闪现出一幕幕往事。零工的收入微薄，家里的花销捉襟见肘，可是母亲却从来没让他失望过。别人孩子有的他一样不缺，母亲让他无忧无虑地茁壮成长，直至进入大学。母亲总是对他说：妈妈挣的钱够你花的。可怜的是他从来就没多想过。现在看来，母亲是背着多大的心理负担啊！原来，母亲经常从食堂拿东西回家，每拿一样她都打一个欠条留下，明摆着：欠条最终都是要还的呀！可怜的母亲一直没有这个能力偿还。他读着这些欠条，眼里的泪涌了一次又一次。

接下来的几天，他慢慢地清楚了母亲自杀的原因。几个月前，食堂由私人承包，母亲没人用了。儿子在异地他乡，她是他生活的唯一来源。为了凑够儿子每月 200 元的生活费，她捡起了破烂。那天，从食堂经过，她看见一个破锅，犹豫再三，她还是拿起了它。可是，刚走不远就被食堂的人逮住了。"不是你家的东西都敢拿？以前还没偷够哇？狗改不了吃屎！"那人毫不客气地骂道。母亲羞愧难当，当天夜里就喝了鼠药。听完讲述，他被强烈的悲愤压抑着，恨不得杀了那人。

他花了两天时间，清理了家里的一切，然后离开了这个地方。那天早晨，工厂食堂的大门前围满了人，人们对着墙上的贴物议论纷纷。只见一张大白纸上贴满了欠条，每张欠条上贴着相宜的钱数："包子两个"上贴着 6 角钱……"瘦肉一两"上贴着 8 角……"鸡蛋一个"上贴着 3 角……

一共 99 张欠条 251 元钱。

母爱的债务 ◎安 勇

读完这篇小说后，我就在想，小说里的这位母亲是一个怎样的人呢？她利用自己在食堂做工的机会，一次次从食堂里拿回生活必需的物品。但母亲拿东西的目的是为了自己的儿子，为了儿子也能像别的孩子一样健康快乐地成长。从这个角度上说，她是位合格的母亲。而她每拿一次东西时都悄悄打下了一张欠条，为的是日后有能力时，把这些债务清还。但因为家境一直不好，这债务就一直重重地压在她的心头上。当有一天，母亲因为拿一个废弃的铁锅被污辱和奚落时，她终于无法承受这份道德上的谴责，离开了人世。从这一方面说，她还是位道德感极强的人。所幸的是，母亲的儿子终于没有辜负她的期望，走进了大学的校园。有了这笔最宝贵的收益，我想，母亲的债务也应该能还清了吧！

当儿子在外面的世界里获得成功后，重返故里，跪在母亲的坟前，他终于明白了老人的良苦用心。

娘

陈永林

山子没了爹，娘就百般疼爱山子。

娘是个能人，啥事都会做，又治家有方，因而日子过得并不凄惶。进

了山子家，看不出这是个没男人的家。

山子初中毕业，就没上学。山子没考上高中，娘要山子重读一年，山子死也不。

山子就跟着娘一起弄土坷垃。

娘不要山子干田地活。娘不想让山子种一辈子田。娘问山子："你就一辈子玩这土坷垃？"

"不玩土坷垃干啥？"山子闷闷地应了一句，仍埋头割稻。

"嚓嚓嚓……"

稻子在山子手里一把把整齐地倒下。

山子做田倒是把好手，可做田有啥出息？一年忙累到头，吃没好的吃，穿没好的穿。

"你就这样没志气？"娘好失望。

山子站起来，伸伸酸痛的腰："可我能干什么？做生意没本钱不说，还没经验，弄不好就被人骗了。到外面打工，如找不到事，那得要饭回来。做田勤快点，吃穿还是不用愁的。"

"唉——"娘又失望地叹气。

极热，太阳火球样悬在头顶上。"男人应该有胆量闯。村里许多人没联系好打工的地方，还不都出去了？你是个男人，不应该女人一样畏畏缩缩，前怕狼后怕虎。"

山子不出声，仍割着稻。

想到山子甘于过她过的这种日出而作、日落而息单调乏味的生活，娘心里就酸。唉，只怪自己以前对他太溺爱了，啥事都护着他。

山子仍撅着屁股割稻。

山子的衣服被汗水湿透了，娘心疼，娘便狠心骂山子。

山子憨厚，娘骂他，也不还嘴，任娘骂。娘心里更气，觉得山子这窝囊样，啥事也干不成。

后来，娘的话越骂越难听。山子流着泪说：“娘，你咋这样嫌我？”

娘见了山子的泪，自己眼里也涩，可还是狠狠心，又骂山子。

山子说：“我就像不是你生的。”

“你就不是我生的。我后悔不该捡你这个没出息的窝囊废。”

“我不是你生的?！”山子怔了，拿眼问着娘。

娘点点头。

泪刷刷地淌下来了。山子说：“难怪你对我这么恶，原来我不是你生的。”山子跑回村躲进屋，砰的一声关上门。

娘的泪便掉下来了。

第二天天蒙蒙亮，山子就提着包，背着被子一步一回头地离开家。

娘立在古樟树后，目送着山子远去。

娘好想喊山子，可张了张嘴，没喊出声，泪水却糊满娘的脸。山子走得不见影，娘才喊：“山子，我的儿，我的儿。”其声凄哀悲恸，感染得树上的鸟也凄凄呜咽起来。

山子一走3年，一点音讯也没有。

娘哀立在古樟树下望那唯一的连接县城的沙子路。

娘望着望着，眼里就发涩，就晃悠着湿湿的泪。

后来成了大款的山子回来时，娘的坟上已长满半人多高的青草。

村里的人都讲山子恶。

一老妇人说：“你出生时，差点要了你娘的命，可你……唉，你娘好命苦。”

“啥？你说啥？”

……

山子跪坐在娘的坟前。

“娘——”山子不停地磕头，额上的血把娘坟前的青石板都染红了。

谎言里的母爱 ◎安 勇

生活在大自然里的好多动物，当幼崽(雏)可以独立谋生后，它们的父母都有将其驱逐出家门的生活习性。这样做的目的和残忍无关，而是要让孩子们尽快地走进大自然，去接受外面的风吹雨打，强迫它们迅速地成为一个独立的个体。也只有这样，小家伙们才会学会生存的本领，独自闯出一番天地来。这篇小说里的娘无疑就是这样一位深明此理的母亲，为了儿子能有出息，她甚至编造了一个谎言，终于把儿子赶出了家门。当儿子在外面的世界里获得成功后，重返故里，跪在母亲的坟前，他终于明白了老人的良苦用心。也终于懂得了，这种爱才是受用一生的财富。

他一下子震惊了，他想起了自己凄凉的处境，想起了那位女画家给他的钱，也感受到了一种久违的情感——来自儿女的爱和温暖。

胡德斌

一个老者蹲在阳光里，从清早开始，他在这儿蹲了整半天了。

此刻，他正清点他半天的收获，一张张皱巴巴的票子在他的膝盖上展平，然后，小心翼翼地叠好。他是来卖油果儿的。自从儿子娶了那个女人回来。他在家里日益显得碍手碍脚了。然而，他总得谋一个生计。于是，他想出个主意，每天到对门店里揽一篮儿油果，拿到这儿来卖。行人如潮，谁也不会注意他。

一天，她背了画夹子偶尔经过这儿，目光一下子被他吸引住了。她胸前别着枚好看的校徽。这些日子，她为毕业作品犯愁。

她走向他，像株小白杨轻轻叫了一下："老人家，我给您画张像，好吗？"

画像？他瞪起眼，脸绷得紧紧的。继而，他抬起头，眯着眼睛打量了她一会儿，嘴角狡黠地咧了一下："好吧。不过，这些油果儿你全买了。"

"嗯。"她应着。

"5 毛一个，10 个，拿 5 块吧！"。她踌躇了一会儿，掏出钱递过去。他犹豫了片刻，将 5 块钱捏在手里。

他往阳光里挪了挪，背靠着一截老树。她打开画夹子，用恬静、温柔的眼睛注视他。他让她看得浑身不自在，避开她的目光，朝远处看去。远处，有些迷蒙，一位年轻的父亲牵着他的儿子，一路上蹦过来，那顶小花帽真漂亮。他叹了口气，眼底闪过一丝温情，然而，温情一瞬间便过去了……

她合上画夹子，将 10 个油果儿留给老人。要了他的地址和姓名，她像一朵云飘走了。

两个月后，他收到她寄来的信，信中还有一张市美术馆画展的参观券。

展览厅里，许多人围着一幅画，他也好奇地挤了进去。画面上一个寂寞的老人，蹲在一株老树下，老人的目光阴沉而悲哀，一缕阳光留恋地停在他的脸上，他的眼里透出一丝慈祥与温情。他和他对视着。他猛然间发现这个老人正是自己，他的脸陡然羞得绯红。半天，他将目光游移出这幅画，在一张小纸片上，他吃力地读到那两个字："父亲"。

父亲，这熟悉而遥远的名字。有那么几次，他的儿子、儿媳带着孙子冬冬经过他这个卖油果儿的老头身边，竟离得远远的，像躲瘟神。他痛苦

地哽咽起来，浑浊的老泪像虫一样爬出眼眶……

好些日子过去了，美术馆前，有个老者总蹲在那儿，手里捏了把皱巴巴的票子，说是要给女儿的。

别样的爱 ◎安 勇

这篇小说里的父亲，是一位被儿子媳妇嫌弃的不幸的老人。自从儿子娶了妻子后，他就成了一个碍手碍脚的人。年迈的他不得不走上街头，以贩卖油果儿为生。为了多挣些钱他甚至在女画家提出给他画像时，借机兜销他的货物。但当老人在画展上看到那张用他做模特画出的画时，他一下子震惊了，他想起了自己凄凉的处境，想起了那位女画家给他的钱，也感受到了一种久违的情感——来自儿女的爱和温暖。这些大概就是他捧着一把皱巴巴的钱，说要送给女儿的原因吧！

如果我们都能像赵小雨一样，分清父母给我们花的钱里的味道，也许就会更加珍惜和感恩吧！

钱是啥味道

一 冰

开学第一天，我这个班主任正在班里忙着给学生们发新书，忽然，财务室的小杨在教室外面叫我。我一出门，她就拉住我边走边说："你们班的赵小雨的妈妈太不像话了，交学费交假币，孙科长让我叫你过去！”

我一听这话，也有些着急，赵小雨的妈妈真是糊涂，怎么交假币呢？影响多不好哇！赵小雨的家庭条件的确很艰难，爸爸去年下岗了，在街上蹬人力三轮车；妈妈在街头摆了个鞋摊，对付着过日子。一定是她在外面收了假币，或者还不知道呢。嗯，我是学生的班主任，我得尽量维护她的尊严。

我到了财务室，见赵小雨的妈妈正在跟孙科长争执着，我过去一问，原来刚才赵小雨的妈妈来交学费，小杨把钱收了，放到了抽屉里，收据也开好了，这时孙科长要出去存钱，小杨把抽屉里的钱又都拿出来核对了一遍，接着孙科长又点了一遍，刚看几张就发现了一张 100 元的假币。因为赵小雨的妈妈是最后一个来交学费的，她交的那叠钱就放在最上面，所以孙科长他们就认定这钱是赵小雨的妈妈的。

我一听是这么回事，对小杨就有点不满意了：钱都收了，又塞进了抽屉，怎么就能判定是赵小雨妈妈给的假币呢？你怎么事先不好好看看？就是在银行里谁离开柜台还不认账呢！但碍于同事关系，我不好说什么，只对赵小雨的妈妈说：“大姐，别着急，您再想想，这钱是不是您的？”

赵小雨的妈妈用满是老茧、还贴着胶布的手揉了揉通红的眼睛，说：“鲁老师，你们也知道，我们来钱不容易，哪一张钱都是看了又看的，生怕收了假币。天地良心，我真的敢保证——不，我发誓，这钱不是我的！”

孙科长冷笑说：“发什么誓呀，我们不相信这个，你要是不承认，就让赵小雨来！”

“不能让赵小雨来！”对孙科长的态度，我也有些生气了，说，“这是他妈妈的事，跟他没有关系！再说，还不一定是他妈妈的错呢！”

赵小雨的妈妈感激地看了我一眼，说：“不要让小雨来！不要让小雨来！算了，这钱我赔了。”说着，她掀开外衣，在身上摸索了一会，掏出一个小布包，刚要掏钱，外面忽然传来一个声音：“妈妈，您别急着赔！”接

着，赵小雨从外面冲了进来。刚才赵小雨的妈妈跟孙科长发生争执，被班里的一个同学看见了，就告诉了赵小雨，他忙赶来了。

赵小雨拿起桌上的那张假币，在鼻子上嗅了一下，斩钉截铁地说：“这钱不是我妈妈的！”

孙科长说：“凭你说不是就不是了？你是她儿子，自然帮着她说话了！”

“不是就不是！”赵小雨瞪着孙科长说，“我妈妈的钱是啥味道我能嗅出来！”

“这可神了！”孙科长哈哈大笑起来，他用手指着屋里的人，还有外面围观的学生们说，“哈哈，他说他能嗅得出哪张钱是他妈妈的，哪张又是别人的，你们谁相信？哈哈，真是笑死人啦！”

这时，赵小雨转向我，镇静自若地说：“鲁老师，我想请您帮我做一个试验，行不行？”我点点头，赵小雨又对孙科长和小杨说，“你们也可以参与这个试验——我妈妈这个布包还没有打开，我不知道里面有多少钱，更不知道里面有几张什么面值的纸币，但是，你们可以先把小布包里这些钱的号码记住，然后再把这些钱混在其他的钱里，我就能嗅出哪些是我妈妈的钱！”

这话一说出，我也吃了一惊，这怎么可能呢？赵小雨妈妈的钱数额不大，但张数却很多，大部分是一块两块、几毛面值的纸币，但为了给赵小雨的妈妈讨回公道，我同意了赵小雨的要求。我和小杨、孙科长把那些纸币的号码都记了下来，然后把这些钱都混到了财务室的其他纸币里。我们做这一切的时候，赵小雨并没看我们，他还让孙科长用一块黑布把他的眼睛蒙起来，镇定自若地面对着窗外。

最后，我们把钱放到赵小雨面前，这时，赵小雨竟然又说：“我不用手摸，以免你们怀疑我作弊，这样吧，孙科长，你把钱一张张地放到我的鼻子前面，我说是的就交给鲁老师，我说不是的就交给杨阿姨。”

孙科长根本不相信赵小雨真能嗅得出钱的味道来，他就亲自上去一张张地把钱放到赵小雨的鼻子前面。赵小雨一张张地嗅着，他嗅得很快，不一会，那厚厚一叠钱就分成了两堆，然后我们对照着刚才的记录一一查看，不由都惊呆了：赵小雨果真用鼻子分辨出哪些是他妈妈的钱，分毫不差！

在门口和窗外围观的同学一起鼓掌，掌声如雷。

孙科长有些傻了，好半天才反应过来，他问赵小雨："小雨，你是怎么嗅出来的？你妈妈的钱是什么味呢？"

赵小雨把钱叠好，郑重其事地交到妈妈的手里，然后他对孙科长说："我妈常年在外面风吹雨淋，她患有严重的风湿病。为了省钱，她总是买那种最便宜的风湿膏，她的身上几乎贴满了风湿膏，所以妈妈的身上总有一种风湿膏的味道。她挣钱不容易，把钱看得很重，都藏在身上，所以……所以钱上就有一种风湿膏的味道……"

赵小雨说完，已经是泪流满面，他妈妈抚摸着他的头，颤抖着声音说道："好孩子，妈妈没能让你过上好日子，妈妈对不起你……"

"不！"赵小雨说，"妈妈，我有您这样的妈妈已经很满足了！"

孙科长也流泪了，他搀着赵小雨妈妈的手说："大姐，我，我对不起您……"

赵小雨"嗅钱"的奇事传开后，第二天，财务室的门缝里就塞进了一封信，那是那张假币主人的忏悔信，里面还夹着一张百元新钞……

独特的味道 ◎安 勇

赵小雨的妈妈揣在怀里的钱，味道其实非常复杂。那浓浓的廉价风湿膏味，是母亲为生活操劳所受伤痛的味道，那里面饱含着母亲在病痛中的忍耐和坚持；钱里面还有母亲起早贪黑的忙碌和付出的味道，一个个辛勤的日子都一点一滴渗进了钱里，成了钱的一部分；钱里面还有母亲对赵小雨爱的味道。她一分一厘积攒起来的钱里，有孩子的学费、书费、生活费。钱里还有母亲盼孩子成材的味道，一种企盼和希望的味道。

这时候，钱已经不再是单纯的货币，而成了母亲积攒下来的祝愿和梦想。也许正是因为有了这份希望作为支撑，母亲才能忍受住病痛的折磨和生活的艰辛吧！如果我们都能像赵小雨一样，分清父母给我们花的钱里的味道，也许就会更加珍惜和感恩吧！

父亲与儿子用血缘连起的亲情，让父亲不惜用血的代价去满足儿子的所需所求，就像偿还一笔债务一样。

血 债

曹德权

西迈的爹是下午赶到学院的，这地方憨大，高墙内到处都有高楼，院内行道纵横交错，绿树成行。西迈爹一下就傻了眼，打听了许多人，都说不出他儿子在哪座楼，问他儿子是哪个系哪个班的，他也说不出，瞎转悠了好半天，最后想起身上带着儿子的信壳儿，就赶忙找出来问人，费了九牛二虎之力，才找到了西迈上课的地点。

西迈想不到爹会赶到学校，望着满头大汗的爹就埋怨说您要来就该先写封信来嘛，我也好去接您呀。

西迈爹说傻儿子这就不懂了，你去接我还不耽误上课读书吗？

西迈望着一脸认真的爹就笑了，将爹引到自己的寝室安顿下来。西迈同寝室的同学们听说西迈爹来了，很高兴，就合伙凑钱，在馆子里为西

迈爹接风。

买单时，一个领头的同学掏钱，西迈爹就说这哪成呢？咋会让你们摸荷包呢？你们都是读书的学生，这钱，大叔我出！

同学们就说这不成，我们这里有规矩的，不管哪个同学的亲人来了，同寝室的同学都要为他接风的。

西迈也说爹您就算了吧，您等会儿再出钱吧，饭钱他们出，等会儿我们去卡拉 OK 厅唱歌，您就开这个钱好了。

西迈爹听大家这么一说，也就不再说什么了。就随同学们去了一家卡拉 OK 厅。

西迈爹是第一次进卡拉 OK 厅，这里的一切都让他感到陌生，灯光很暗，茶桌儿很小，摆了茶就没什么空处了，生怕碰翻茶杯。还有不敢抽叶子烟，地下铺了红地毯，怕烟灰抖到地上给人家整脏了。室内有机子吹冷风，外边热得让人流汗，里边凉飕飕的，硬是很科学。更科学的是那么几台机子，格老子不知怎么操作，像电影有人娃儿和山山水水什么的，音乐一响，同学们对着话筒摇头扭腰一吼，憨好听地就把歌儿吼出来了！

西迈爹觉得吼得最好听的就数儿子，唱的什么“弯弯的月亮”，嗓门儿挺清亮的，还吼了什么像香港人唱的歌，听不清爽那词儿，但声音憨好听的。

西迈爹觉着儿子是出息了，考进大学脱了农家脑壳，连歌也唱得这么好，真是祖上积了德哟！西迈爹就由着儿子和同学们直吼得个脸红筋胀四季花儿红。

就这么着 OK 厅里耍了两三个钟头，见同学们都说吼够了，西迈爹就摸出两张 10 元钞票，对着冲茶的姑娘就喊：“喂！收茶钱！”

那姑娘就应声往台子里一晃，一会儿就来告诉他：“先生，你们这单 346 元。”

西迈爹立时脑壳就木了：“你说啥子来？300 多块？有这么贵的茶吗？！”

西迈脸一红一下拉住爹：“爹，您别出洋相了，除了茶还要出歌钱

的。”西迈爹一愣：“什么歌钱？你们出了这么大的力气给他们唱，还倒过来开钱?！怪了！那些唱戏的，不都唱了收看戏的钱么?！”

西迈和同学们就给西迈爹反复解释，最后西迈爹好像弄了个大半灵醒，把荷包里的钱全部摸出来，一点，还差15块。西迈连忙摸出自个身上带的钱凑上交了。

西迈爹不知是怎么走回儿子寝室的，这一夜，他一直大睁着眼没能睡着。

第四天上，西迈爹离开学院走了。走时没告诉儿子。西迈下课回到寝室，发现爹的行李没有了，他叹了口气，愣在那里。他发了一会儿呆，一下躺在床上，觉着枕头下不对劲儿，忙挪开枕头，发现下面放着厚厚一叠钞票，钞票里还夹着一张单子。

一张中华人民共和国公民献血单！

血爱 ◎安勇

记得在我读书时，有关那些考入大学的学生，学校里曾经流传过这样一段描述：一年土，二年洋，三年不认识爹和娘。这篇小说里的西迈虽然没有达到不认识爹娘的程度，但他的身上也已经沾染了许多“洋气”。和同学们一起下饭店、唱卡拉OK，基本上已经把乡下父母辛辛苦苦供他读书的事情忘在脑后了。他没有想到，他和同学们潇洒时花掉的钱，竟然是父亲卖血所得（现已为无偿献血）。读到这里让我震惊不已，我看见那张献血单像一只手，抬起来，响亮地打了西迈和他的同学们一记耳光。

《血债》这个题目还有更深的一层含义，这就是父亲与儿子用血缘连起的亲情，让父亲不惜用血的代价去满足儿子的所需所求，就像偿还一笔债务一样。是血债，当然也是血爱。

在外面，我们只能看见一串沉甸甸的钥匙。而门和锁，却在她慈祥博大的心中。

钥　匙

吴守春

中秋节，我们全家起了个大早，赶回老家。我们是想给母亲一个惊喜。

昨晚，妻打电话给母亲，谎称没时间回家过中秋，说妈妈你就不要准备了。其实，我们是怕母亲破费。她老人家总以为我们苦大仇深，每每回家，恨我们嘴巴小吃少了。让她老人家这样操劳，简直是我们这些做子女的罪过。

母亲打了个盹，说，你们工作忙，不回来就不回来吧。我一个人在家，你们放心，月饼我都买了几盒。好在你弟妹都打电话回家问安了。只要你们心来家了，妈就知足啦！

到了老家，母亲的房门，二弟、三弟的房门都开着。今天是怎么了？平时，我们回家，二弟、三弟的房子一般都是铁将军把门。我恍若感到弟弟们都在家等候我们团圆的亲切和温馨。房子锁着多少让人产生人去楼空的苍凉。

母亲正在家中抹扫。

怎么，你们不是说不回来吗？我昨晚不是说过叫你们不回来吗！你爸去了，妈身子骨还硬，一个人也过习惯了。端公家碗就得服公家管，怎能

随便丢下公家的事一走了之?!

我说:妈,弟妹们在外面经商,我们怎么可能不回来呢?你不要担心,今天是星期天。我们是怕你张罗多了,打扫战场吃剩菜喝残汤。

这……这……我搞什么给你们吃呀!我们的出其不意闹得母亲措手不及。说着,母亲转身下厨房,腰带处发出金属摩擦的响声。

妻好奇,问:妈,你一走路,咋贵妇人似的环佩叮当?

母亲说,钥匙。说着母亲撩起褂子,露出一大串钥匙。

我插话:妈,你把这些钥匙挂着,多麻烦啊!

母亲脸一沉,说,这些钥匙,就是我的家嘛。家,当然要时刻牵挂着喽。

父亲去世,我把母亲生拉硬拽地接到我家,她一个人太孤独了。在我家待几天,她急得像热锅上的蚂蚁,要回老家。妻怨嗔地说,妈,难道这里就不是你的家?都说手掌是肉手背也是肉,难道我们是你搭蛋抱的!母亲苦笑,说,谁说不是我家?你们这屋有你们住着,你二弟、三弟全家外出打工,门长年锁着,家不像家。屋要人住船要人撑,几天不开开门窗,就发霉。家业再大,没人住没人看,也难成个家,屋就是人住的嘛。我回家,你们老家门楼不就撑起来了。临离开我家,母亲什么也不带,只是要了我们所有门上的钥匙,说是以后来,我们上班,她好进出。

我把系在母亲腰带上的钥匙解了下来,一数,67 把。我掂掂,咋咋舌头,说,足有半斤重呢。

母亲欣慰，说，过去村东大财主石一万家驴驮钥匙马驮锁，想不到30年河东30年河西，我家也有68把呢。

你数错了吧，是67把。我纠正。

母亲坚持：68把。

母亲对着那些钥匙，像数家珍似的告诉我们：这是我的大门……这是老二家橱门……这是老三家贮藏室……这几把是你家的。

我对母亲的记性叹为观止。

母亲又说，你们都说不回家过中秋，我今儿早特地起得比往常还早，把几十道门全部打开，让庄子上的人以为你们都回家团圆了。把门打开，我呢，心里也就当你们都回家了。

再次数那串钥匙，还是67把。

我想，母亲是想让全家都发，讨个口彩吧。

我们正猜测，母亲从厨房出来，手里拿着一把钥匙，冲我妻说，这还有一把，在枕头下。我一看，母亲手里捏的钥匙，是寄存父亲骨灰盒灵位的那把。

母爱是沉甸甸的钥匙 ◎安 勇

钥匙的作用本来是开启一只只锁，但如果把它们系在一位孤独的母亲腰间，钥匙就有了另一种特殊的作用，这就是开启一道道思念的门。母亲的钥匙就像一声声轻轻的呼唤，在想象中就喊回了离家在外的孩子。"把门打开，我呢，心里也就当你们回家了。"经常有人提出这样的问题——家是什么？读过这篇小说后，我说家其实就是一位母亲的思念。这份思念能建起一座座房屋，也能让不在身边的儿女聚在左右。这种思念无比深沉，它深深埋在一位母亲的情感里。在外面，我们只能看见一串沉甸甸的钥匙。而门和锁，却在她慈祥博大的心中。

有句谚语:“父亲帮儿子时，两人都笑了;儿子帮父亲时,两人都哭了。”我搀扶着父亲去散步，仰望那静谧的星空，踩着松软的泥土，呼吸着青草的芳香，看着流逝的河水，把心中的喧嚣沉淀下来，留下一片宁静和真情去陪伴步履蹒跚的父亲。

Part Two
永恒的箴言

纵使是丹青高手，也难以勾勒出父母那坚挺的脊梁；即使是文学泰斗，也难以刻画尽父母那不屈的精神；即使是海纳百川，也难以包罗尽父母对儿女的关爱！

母亲是在用这种独特的方式注视着儿子的人生中的分分秒秒，分享他的喜悦，也抚去儿子心头的忧伤啊。

母亲的表

杨永明

我下乡的时候，母亲从手腕上取下她戴的那块“上海”表，说：“你戴上吧。”

后来，我参了军，以后又进了工厂，一直戴它。直到结婚前，我才用自己积攒的钱买了一块“英纳格”表。

一次，母亲来玩，翻抽屉时，见到那块“上海”表，便索拿去了。

妻问：“这么块老掉牙的表，妈要它干啥？”

我说：“可能是老人的一种怀旧情绪吧。”

我参加电大考试的时候，学习资料匮乏。一日，天下雪，奇寒。妻上夜班，我也因加班晚回来了一会儿。上楼时，借昏暗的廊灯，我见一位老人站住自家门前，边跺脚，边哈气，浑身打着哆嗦。

“妈——”

进屋后，母亲还未将冻僵的身子暖和过来，就急匆匆从包里取出一摞资料，说：“这是你爸借来为你抄的。”

第二天，母亲要回去了。临走，她从一块绸子里取出那块“上海”表，说："亮儿，考试时，你一定要将它戴上。"我送母亲走了一截路，路上，母亲还再三叮嘱这件事。

母亲走后，妻说："老人也怪，放着好表不戴，非让戴这块旧表。"

我默然。

戴上这块"上海"表，我考上了电大。考完试，我又将这块表还给了母亲。

后来，图方便，我买了一块石英表，又将"英纳格"送给了母亲。

一晃多年了。有一次，我和妻去父母家，晚饭后，大家高高兴兴看电视。看了一会儿，我见母亲不在身边，便到隔壁屋里去喊她。一推门，见母亲正坐在台灯前，痴呆呆瞅着那块"上海"表。

我轻轻掩上了门。

妻猜想："妈可能信迷信，认为表是吉祥物吧。"

我说："那倒未必，妈可能有一种更深的寓意，比如说让我们珍惜年华，不要虚度青春。或者……"

我们越猜越觉得这里面内涵的深邃和母亲胸襟的博大。

父亲默默听着，坐在一旁含笑不语。

这时，母亲出来了，我和妻争着将各自的猜想告诉她，让她给予一个公允的裁决。

母亲笑了，她说："我可没多少文化，哪像你们想那么多。怀旧嘛，是有点。但我想得更多的是亮儿戴上它，我就好像在他身边……"

母爱的象征 ◎安 勇

我想，母亲对子女的呵护和关怀是无处不在的，也是千变万化的。风雨中，她是我们头顶上的那把伞；寒冷时，她是我们身上的那件棉衣；离家在外时，她是一句叮咛和嘱托。在这篇小说里，母亲的呵护变成了一块很老很老的上海牌手表。这样一块手表，戴在儿子的手腕上，就有了非凡

的含义。正像母亲说的那样，“……亮儿戴上它，我就好像在他身边……”一句朴实的话语，却有着数不清的深情。母亲是在用这种独特的方式注视着儿子的人生中的分分秒秒，分享他的喜悦，也抚去儿子心头的忧伤啊。

正是这种母亲博大的胸怀，让继子发自内心地喊出了一声“妈”。也让继子明白了，这位没有血缘关系的母亲，要用一生去书写，而且，永远也写不完。

母亲，一本写不完的书

肖复兴

世上有一部永远写不完的书，那便是母亲……

那一年，我的生母突然去世，我不到 8 岁，弟弟才 3 岁多一点儿，我俩朝爸爸哭着闹着要妈妈。爸爸办完丧事，自己回了一趟老家。他回来的时候，给我们带回来了她，后面还跟着一个小姑娘。爸爸指着她，对我和弟弟说：“快，叫妈妈！”弟弟吓得躲在我身后，我撅着小嘴，任爸爸怎么说就是不吭声。“不叫就不叫吧！”她说着，伸出手要摸摸我的头，我扭着脖子闪开，说就是不让她摸。

望着这陌生的娘儿俩，我首先想起了那无数人唱过的凄凉小调：“小白菜呀，地里黄呀，两三岁呀，没了娘呀……”我不知道那时是一种什么样的心绪，总是忐忑不安地偷偷看她和她的女儿。

在以后的日子里，我从来不喊她妈妈，学校开家长会，我硬是把她堵在门口，对同学说："这不是我妈。"有一天，我把妈妈生前的照片翻出来挂在家里最醒目的地方，以此向后娘示威，怪了，她不但不生气，而且常常踩着凳子去擦照片上的灰尘。有一次，她正擦着，我突然向她大声喊道："你别碰我的妈妈。"好几次夜里，我听见爸爸在和她商量："把照片取下来吧！"而她总是说："不碍事儿，挂着吧！"头一次我对她产生了一种说不出的好感，但我还是不愿叫她妈妈。

孩子没有一个是省油的灯，大人的心操不完。我们大院有块平坦、宽敞的水泥空场。那是我们孩子的乐园，我们没事便到那儿踢球、跳皮筋，或者漫无目的地疯跑。一天上午，我被一辆突如其来的自行车撞倒，重重地摔在水泥地上，立刻晕了过去。等我醒来的时候，已经躺在医院里了，大夫告诉我："多亏了你妈呀！她一直背着你跑来的，生怕你留下后遗症，长大了可得好好孝顺她呀……"

她站在一边不说话，看我醒过来便伏下身摸摸我的后脑勺，又摸摸我的肚子。我不知怎么搞的，第一次在她面前流泪了。

"还疼？"她立刻紧张地问我。

我摇摇头，眼泪却止不住。

"不疼就好，没事就好！"

回家的时候，天已经全黑了。从医院到家的路很长，还要穿过一条漆黑的小胡同，我一直伏在她的背上。我知道刚才她就是这样背着我，跑了这么长的路往医院赶的。以后的许多天里，她不管见爸爸还是见邻居，总是一个劲埋怨自己："都赖我，没看好孩子！千万别落下病根呀……"好像一切过错不在那硬邦邦的水泥地，不在我那样调皮，而全在于她。一直到我活蹦乱跳一点儿没事了，她才舒了一口气。

没过几年，三年自然灾害就来了，只是为了省出家里一口人吃饭，她把自己的亲生闺女，那个老实、听话，像她一样善良的小姐姐嫁到了内蒙古。那年小姐姐才 18 岁，我记得特别清楚，那一天，天气很冷，爸爸看小

姐姐穿得太单薄了，就把家里唯一一件粗线毛大衣给小姐姐穿上，她看见了，一把给扯了下来："别，还是留给她弟弟吧，啊！"车站上，她一句话也没说，只是在火车开动的时候，向女儿挥了挥手。寒风中，我看见她那像枯枝一样的手臂在抖动，回来的路上她一边走一边叨叨："好啊，好啊，闺女大了，早点寻个家好啊，好！"我实在是不知道人生的滋味儿，不知道她一路上叨叨的这几句话是在安抚她自己那流血的心。她也是母亲，她送走自己的亲生闺女，为的是两个并非亲生的孩子，世上竟有这样的后母？望着她那日趋隆起的背影，我的眼泪一个劲往外涌。"妈妈！"我第一次这样称呼了她，她站住了，回过头来，愣愣地看着我不敢相信这是真的，我又叫了一声"妈妈"，她竟"呜"的一声哭了，哭得像个孩子。多少年的酸甜苦辣，多少年的委屈，全都在这一声"妈妈"中融解了。

母亲啊，您对孩子的要求就是这么少……

这一年，爸爸因病去世了，妈妈先是帮人家看孩子，以后又在家里弹棉花，攫线头，她就是用弹棉花攫线头挣来的钱供我和弟弟上学。望着妈妈每天满身、满脸、满头的棉花毛毛，我常想亲娘又怎么样？！从那以后的许多年里，我们家的日子虽然过得很清苦，但是，有妈妈在，我们仍然觉得很甜美，无论多晚回家，那小屋里的灯总是亮的，橘黄色的灯光里是妈妈跳动的心脏。只要妈妈在，那小屋便充满温暖，充满了爱。

我总觉得妈妈的心脏会永远地跳动着，却从来没想到，我们刚大学毕业的时候，妈妈却突然地倒下了，而且再也没有起来。妈妈，请您在天之灵能原谅我们，原谅我们儿时的不懂事，而我永远也不能原谅自己。我知道在这个世界上，我什么都可以忘记，却永远不能忘记您给予我们的一切……世上有一部永远写不完的书，那便是母亲。

用一生去感动的爱 ◎安 勇

一位继母想要真正走进一个家庭，被继子们心甘情愿地接受，付出的东西显然要比一般的母亲多得多。她首先要做的就是赶走继子们因为失去母亲、在心头留下的那个阴影，还需要缓解孩子们因为对生母的怀念而对她产生的敌对情绪。这篇文章中的母亲显然是位合格的母亲。为了继子的生活，她甚至不惜把自己亲生的女儿远嫁他乡。继子出了事情，她尽心尽力地服侍照顾。正是这种母亲博大的胸怀，让继子发自内心地喊出了一声“妈”。也让继子明白了，这位没有血缘关系的母亲，要用一生去书写，而且，永远也写不完。

我仿佛看见一张两面都有内容的画，一面是一位满怀希望卖血换钱的父亲，另一面是一个吃喝玩乐胡作非为的儿子。

赵四伯的教育生意

曾　颖

仲夏时节，农民赵四伯的儿子财娃考上大学，他是本乡乃至本县的状元，自然少不得要庆贺一番。平日从不喝酒的赵四伯那天喝得烂醉，蜷在堂屋里的神龛下和列祖列宗们说了一夜话。

很快，录取通知书和入学缴费通知单来了，那薄薄的几页纸上写着一串串的零让赵四伯感觉非常沉重。他开始盘算起他的家底。

这几年风调雨顺，家中也没什么人得大病，养猪猪肥养羊羊壮，鸡鸭也是能吃会长又不害瘟。加之全家只负担一个财娃，家里也算还有些积

蓄。虽然比那收费单上要求的还差点，但总比那些一分钱都没有拿着录取通知书比拿到亲人的病危通知书还恼火的家庭好得多。

在权衡了半天之后，赵四伯决定把猪卖掉。

之后，赵四伯便开始更勤快地忙碌和劳作。他觉得，在远方那座自己从没见过的大城市里正有一辆属于自己的拖拉机在“突突突”地开垦着，而拖拉机的油箱，正需要输油过去。

邻居陈旺和廖狗儿对他每天不分白黑地劳作颇为不屑，时不时地凑过来劝他两句，他们还会骂骂城里人办大学办得贼贵，这不是成心挤咱的血么？

赵四伯却不这么认为，他说：我觉得收钱读书很公平，你管交钱，他管教书，两不亏欠。况且，读了书是给你自家挣钱啊！这就像种田要种子，做生意要本钱。

赵四伯这些话于是就在村里传开了，有人点头，有人摇头，见面打招呼都会半开玩笑地问赵四伯：你那生意怎么样？

赵四伯于是就会如数家珍，向别人报道，财娃坐过电梯了，财娃会电脑了，财娃学会 QQ 了，财娃昨天和人 PK 了，财娃会用网了……

每一次播报，那些生僻得拗口的新词都能让村人肃然起敬。赵四伯

早年读过初中，他也对财娃信中的语言肃然起敬。他觉得城里和乡下确实不一样，初中与大学确实是没法比的。

随着对财娃所掌握的新知识的播报，财娃寄来要钱的信越来越多，今天说要添件不被城里同学嘲笑的衣服，明天说想买台和城里同学一样的电脑。信的字越来越少，要钱的数目越来越大。

一年过去，赵四伯在卖完了家里最后一只鸡之后决定进城去打工，他觉得田里刨出的钱是经不起儿子在城里用的，还是得到城里去挣钱才行。老婆哭着说：这一把老骨头了，还要进城，谁要啊！

赵四伯甩下一句：有没有人要走着瞧！就从财娃当初走的土路上出发，一路到了城里。

到城里他才发现，像他这个年纪的人想从后生们手中抢到工作确实很难。事实上，在城里能找到工作的后生也不多，这让他感觉很苦恼。眼见着口袋里的钱越来越少，他开始恐惧起来。他最恐惧的，倒不是自己饿肚子或回家乡面子上不好看。而是他的财娃，眼见着这笔生意已做了四分之一了，就这样停下来，不是亏大了吗？

于是，他一咬牙，跟着同村的刘在到一个地下采血点，在撩开袖子那一刻，他眼前闪过的全是电影里勇士炸碉堡的镜头。

之后，他又在城里住下了，白天捡垃圾，上下班高峰期就拎一支打气筒到街边给自行车加气，隔周到采血点去抽一次血，这样下来，一个月居然能挣八九百元。听说有些城里人还没他挣得多，他感到十分高兴，嘴里常常哼着小调。

财娃一如从前地需要钱，据他说：自己必须要建立自己的交际圈子，因为现代社会，关系是第二生产力。赵四伯虽然没听过关系是第二生产力这句话，但他知道建立关系的重要。当初要是自己与乡长有关系的话，那贷款和鱼塘承包哪一样轮得到陈胖子头上啊！

不用说，当然要支持儿子交际！

赵四伯于是更卖力地捡垃圾、打气、卖血。

深秋时节，赵四伯看着满天满地飘落的树叶，突然想去见一见近两年都没有见到的儿子。因为这半年来，除了让他往储蓄卡里存钱之外，财娃还没有对他讲过一句他想听到的话。这个念头一起，就再也熄灭不了，这样会花掉他上百元的路费也吓不住他。

爬货车啃冷馒头喝自来水，赵四伯终于到了省城，当他一脸漆黑费尽周折站到儿子学校教务处时，儿子的老师很惊诧，怎么也不相信这位乞丐样的瘦男人是赵财同学所说的当包工头的爹。

又费了一大番口舌，老师相信他是财娃他爹了，于是将一个更大的坏消息告诉了他，由于长期沉迷于网络游戏，他的儿子很久没上课了，有同学说他跑出去打工去了。学校给你们家发的通知你们没收到？

赵四伯觉得自己头很晕。他不知道自己是怎么离开省城的。当他跌进自家小院时，才“哇”的一声哭了出来。

村里人知道学校通知的事，都摇头。几个老戏友想来劝劝赵四伯，没等他们开口，赵四伯就说话了，他说：你们别劝说，我知道，世上哪有只赚不赔的生意呢？咱就当今年天干，种子都烂地里了。

拯救烂在地里的种子 ◎安　勇

为了供养上大学的儿子财娃，赵四伯开始是起早贪黑地在地里劳作，后又到城里捡垃圾、打气，甚至不惜卖血，他戏称这是在做一笔有关教育的生意。没想到，他的儿子竟然丝毫也不体恤他的苦心，不但任意挥霍着浸满他血汗的钱财，凭空吹嘘出一个包工头的父亲，而且还耽于玩乐，荒废了学业，让赵四伯的生意血本无归。读过这篇小说后，我仿佛看见一张两面都有内容的画，一面是一位满怀希望卖血换钱的父亲，另一面是一个吃喝玩乐胡作非为的儿子。两幅画面形成了鲜明的对比，让人触目惊心。面对这样的结局，赵四伯除了说一句：“世上哪有只赚不赔的生意呢？”还能说些什么呢？

当儿子明白了其中的原因，向父亲道晚安时，我看见在黑暗中有一座桥从儿子的心连到了父亲的心，此时父子之间的那份理解和尊重让人倍觉温馨。

父亲坐在黑暗中

[美]杰罗姆·魏特曼

父亲有个怪习惯，他喜欢独自一个人坐在黑暗里。有时我回家很晚，家里一片漆黑，我蹑手蹑脚进屋，原因是我不想打扰母亲。母亲不容易睡熟。我踮脚尖进我的房间，在漆黑一团里脱衣上床。睡前我有上厨房喝一杯水的习惯。我赤脚走路，没有弄出任何声音。我进厨房的时候，差点给父亲绊了一跤。父亲穿着睡衣睡裤，正坐在厨房里的椅子上抽烟斗。

"啊，是爸爸，"我说。

"啊，是你。"

"爸，您为什么不上床？"

"我就去，"他说。

不过他还是坐在那儿。我睡了一大觉醒来，发觉他还坐在那儿，吧嗒吧嗒抽烟斗。

有好多次我正在房间里读书，我听见母亲进屋就寝，听见弟弟上床，听见姐姐进来，卸妆梳洗，窸窸窣窣，她忙完后周围一片寂静。一会儿，

我听见母亲跟父亲说晚安。我继续读书。过了一会儿，我口渴了，去厨房喝水。我差点又一次被父亲绊倒。有好几次他都使我吃惊。我忘了他会坐在那里。父亲在那里抽烟斗，闷坐，想心事。

“爸，您为什么不上床？”

“我就去，孩子。”

但是他没有马上就去睡觉。他还坐在那里，抽烟斗，想心事。我为此而担心。我不明白父亲为什么要这样，他能想些什么呢？有一次我询问他。

“爸爸，您在想些什么呀？”

“没什么。”他回答。

有一次，我不管他自顾自睡觉去了。好几个小时后我醒了过来。我口渴了，去厨房。父亲在那儿：烟斗熄灭了，但他坐在那里，眼睛盯着厨房角落。过了一会儿我开始习惯那里的黑暗了。父亲还坐在那里，眼睛直定定盯着屋角，他的双眼一眨也不眨。我想他压根儿没有注意到我。我有些害怕。

“爸爸，为什么您不上床睡觉？”

“我就去，孩子，”他说，“别管我。”

“不过，您可已呆了好几个钟头了。究竟怎么了？您在想什么？”

“没什么，孩子，”他说，“没什么。这不过是一种休息。就是那么一回事。”

他说这话的样子让人宽心。父亲像是没有什么烦心的事。他的语调平静、愉快，一如从前。可是我不理解父亲为什么要这样。独自一人坐在一张不舒服的椅子里打发黑夜，这怎么可能是休息呢？

那么这是在干什么呢？

我想像了所有可能情况。不可能是为了我。我知道这一点。我家不富，但父亲为钱而犯愁时，是不会不声不响的。不可能是为了自己身体，因为若身体不好，他也不会沉默寡言的。也不可能是为了家里任何人的身体担心。虽说手头拮据，但我们个个身强体壮。那么为了什么呢？恐怕我没法弄明白的。可是，父亲的古怪行为使我放心不下。

父亲会不会是想念在祖国的兄弟，会不会是想他的母亲和两个继母，会不会是在想他的父亲？不过他们全死了。而且他也不会那样绞尽脑汁细想他们的。我说的“绞尽脑汁细想”，那不是真的，他不会冥思苦想。他看起来甚至从来不曾好好想过什么。他看上去显得太平和了，惟其太平和以致他不大冥思苦想什么。也许确如父亲说的那样，那是一种休息，但这看起来不可能呀。父亲的行为着实使我不安。

我要是知道他在想什么就好了。我要是知道他想的东西就好了。我没法帮助他。他可能根本不要帮助。情况可能正像父亲讲的那样，是休息。至少我不必为此担忧。

他为什么会坐在那里，与黑暗为伴呢？是不是他的脑子不如从前一样管用了？不，那不可能。他才 53 岁，和从前一样头脑灵活。事实上，在每个方面他都正常如从前。他仍然喜欢甜菜汤，他仍然喜欢读《泰晤士报》第二版；他仍然相信德布斯能挽救这个国家；仍然相信信托收据是金融资本家的剥削工具。他和从前一样。他看起来甚至并不比 5 年前更老。每个人都注意到这一点，人们都说他保养得很好。尽管如此他却在深更半夜独自坐在黑暗里，抽烟想心事，眼睛眨都不眨，盯视前方。

如果确如他所说的那样是休息，那我会让他去的。可我想来似乎不是那么回事，似乎有什么我不能揣知的事情正困扰着父亲。或许他需要帮助。为什么他不讲出来呢？为什么他不皱眉或者笑或者哭呢？为什么他不做什么事情呢？为什么他只是坐在厨房里呢？

终于，我生气了。或许那只是因为我好奇心未得到满足，也可能因为有点忧虑。不管怎么样，我生气了。

“爸爸，出了什么事情？”

“没事，儿子。什么事情也没有。”

但是这次我决心打破砂锅问到底，我有些气愤。

“那么为什么一直坐在这儿，冥思苦想到深更半夜？”

“儿子，那是休息。我喜欢。”

我无言以对。明天他还会坐在那儿的。我还会被困扰的。现在我不能就此罢休。我恼怒了。

“呵,爸,您想些什么呢?为什么您恰恰坐在这儿呢?什么事情使您烦恼呢? 您在想些什么? ”

“没什么事情使我烦恼。我很好。那真是休息。就那么回事。去睡觉吧,孩子。”

我的怨愤消失了。但烦忧感依旧不减。我必须得到一个回答。这么做似乎相当不明智。为什么他不告诉我呢? 除非我得到会让我放心的解答,否则我不会安心的。我坚持着。

“但是,您在想些什么呢,爸? 什么东西那么让你费心? ”

静默。

夜已深。屋外街道阒寂无声,屋内一团漆黑。我轻轻地上楼,楼梯吱吱发出声响。用钥匙开了门,踅进我的房间。

我脱去衣服,然后又发现自己有点口渴。我赤脚走到厨房间。到之前我就知道父亲准在那儿。我能看见父亲弓背坐在愈发漆黑的黑暗里的身影。他坐在同一张椅子上,他的胳膊肘支在膝盖上,嘴里叼着熄火的旱烟管,眼睛一眨不眨直盯着前方。他似乎不知道我在此。他没有听见我进来。我静依门框,注视着他。

万籁俱寂。但深夜里还是有这样或那样的声息。当我一动不动站着的时候,我开始留心谛听。放在冰箱上的闹钟发出滴滴答答的声音;夜空里间或传来一辆机动车穿街过巷的隆隆声; 街上的废纸被微风吹起,窸窸声隐约可闻;人们窃窃私语之声如轻柔的呼吸,此起彼伏。嗯——这一切让人产生一种愉悦奇妙而又特殊的感觉。

喉咙口的干渴使我从沉迷中醒来。我轻松愉快地走进厨房。

“喂,爸爸。”我说。

“啊,儿子。”他说。他的声调很低,声似梦中呢喃。他并未移动身子,也未停止聚精会神地凝视。

我找不到水龙头。窗外路灯的暗淡光影只是使屋里显得更暗。我够着了屋中央的一条短链。我拉亮了灯。

父亲身子一阵痉挛，仿佛被什么东西咬了一口。“爸，出了什么事？”我问。

“没事，”他说，“我不喜欢光亮。”

“光怎么了，有什么不好？”我问。

“没什么，”他说，“我不喜欢光亮。”

我把灯关上了。我慢慢地喝水。我自己对自己说，不要大惊小怪。我必须把事情弄个水落石出。

“为什么你不上床？为什么你这么晚了还坐在这？”

“这样对我挺好，”他说，“我不习惯光亮。我做小孩子那阵在欧洲，那时我们没有照明灯。”

我的心里跳了一下，我快活得连气都屏住了。我想我明白了。我想起了父亲少年时代在奥地利的故事。我看见房梁很宽的那种小吃店，我祖父呆在栅栏后面。天已晚，顾客散尽，而父亲也打开了盹。我看见那张烧着煤块的睡炕，火苗呼呼窜动着。那间屋子已很暗，且变得愈来愈暗。我看见一个小男孩蹲伏在一堆放在一个大壁炉旁边的嫩树枝上，他被照亮了，眼睛一眨不眨地呆望着炉里的灰烬。那个男孩就是我的父亲。

我想起了我静静地立在门边注视着父亲时所感受的那些愉快时刻。

“爸，您的意思是说这没什么不好？您坐在黑暗里只是因为您喜欢吗？”我发现，我要压抑声调中不断增加的快乐似乎挺难。

“当然是呵，我不能在灯光底下想事。”父亲说。

我放下了玻璃杯，转身回房间时对父亲说：“晚安，爸爸。”

“晚安！”父亲回应。

不多久我又回来了。“爸爸，您想些什么呢？”我又问。

他的声调似从远方传来。声音很轻，且是老调重复。“没什么，”他说得很柔和，“没什么要紧事。”

被真挚情感照亮的黑暗 ◎安 勇

我时常想到这样一个问题，朋友也好，亲人也罢，如果我们爱他们，最恰当的表现方式是什么呢？在现实生活中，我们比较习惯于用自己的意志去强迫对方，单方面地认为，为对方好就要让对方按照我们的想法去思考或行动，如果对方不这样做，我们就会不高兴。读过这篇小说后，我感觉爱一个人的最高境界就是对他的尊重和理解。就像这篇小说里的儿子，开始以为父亲坐在黑暗中肯定是有什么问题，甚至固执地想要父亲说出到底是什么问题。没想到，坐在黑暗中其实只是父亲从小养成的一个习惯，他喜欢那么做。当儿子明白了其中的原因，向父亲道晚安时，我看见在黑暗中有一座桥从儿子的心连到了父亲的心，此时父子之间的那份理解和尊重让人倍感温馨。黑暗，也被这种真挚的情感照亮了。

人生中充满了欲望，就好比一个旅行的人，如果我们什么都想抓住、背在肩上，那么一定会搞得很累很累，这时候就需要学会舍弃，轻装出发。

一个父亲的箴言

马 德

孩子，有些话，在你长大的过程中，我要和你说说。

昨天，你回来哭哭啼啼地告诉我，说一个同学又和你闹别扭了，你说事情本来不怨你的，是同学做得太过分了。

爸爸笑了。

依爸爸的经验，一个人要赢得另一个人很容易，那就是要学着吃亏。孩子，这个世界上没有人喜欢爱占便宜的人，但所有人都喜欢爱吃亏的人。你想着吃亏的时候，就会赢得别人；那个懂得以更大的吃亏方式来回报你的人，是你赢得的朋友。

孩子，人生的第一次付出，就像你在空谷当中的喊话，你没有必要期望要谁听到，但那绵长悠远的回音，就是生活对你的最好回报。

你拿着一个高脚的玻璃杯，跳上跳下，你要注意，不要把杯子碰碎了。一个杯子，碎了以后，就永远也不能再弥合了，更重要的是，如果你把握不好，还会划破你的手指，让一些伤痛永久留在心里。

孩子，婚姻就像是这样一个精美的杯子。开始的时候，你不要被它外在的光怪陆离所迷惑，你要审慎地去遴选和把握。再后来，你对待它的态度就非常重要了，一个结实的杯子，是呵护出来的，你用爱去细细擦拭，它就会释放出永久的光泽。

有一次，爸爸让你出去买醋，本来给你一个硬币就够了，爸爸多给了你几个。爸爸发现，你在出门的时候，把多余的硬币悄悄地放在写字台的角上。那一刻，爸爸装作没看见，但你不知道，爸爸的内心是多么高兴。

孩子，人生的许多东西是多余的，比如钱，比如欲望，比如名声。更多的时候，得到你该要的该有的就够了，就像现在，拿走一个硬币，剩下的，在你心里淡淡地扔掉。

爸爸想说的是，因为你的舍弃，你豁然开阔的眼界里，将会发现人生中更多更美的风景。

爸爸在乡下教书的那一年，咱们家的日子过得很窘迫，爸爸没有钱给你买玩具，你找来许多塑料袋，在一个塑料袋里盛满水，用针扎破了，然后你看着细细的水流流向另一个袋子，然后，再换另一个袋子，你玩得

很快乐。

或许，很小的时候，你就学会了在简单的生活中寻找快乐。不错的，孩子，生活中有些东西并不容易改变，但容易改变的，是人的心情。孩子，即便你一生中什么也没有抓住，但抓住了快乐，你依旧是天底下最富有的人。

爸为你讲一个故事。

你爷爷有一个朋友是做大买卖的人，有一年他把二十几个村庄的账收起来，用纸包好了放在咱家里，他说他要到别的村子里去，就一拍屁股走了。结果，一连多少年，再没有了他的消息。爸爸上学的时候，你爷爷的肺病已经很厉害了，家里一贫如洗。好几次，你奶奶提到那个账包的事情，你奶奶的意思是挪用一下，缓一缓家里的紧张情况。你爷爷一瞪眼，说，人家凭什么敢把这么多的钱放在咱这里，说明咱的人比他的钱值钱！

孩子，你爷爷临死的时候，还是一个穷人，但他是一个响当当的穷人。

爸爸把这个故事讲给你听，是希望你能明白，一个穷人应该以怎样的风骨，在这个世界上站立。

人生的要义 ◎安　勇

父亲的爱千姿百态，有些是呵护和关心，有些是支持和帮助，当然也有娇纵和溺爱，而这篇小说里的父亲，他的爱是人生中的哲理。人为什么要吃亏和付出呢？因为只有不斤斤计较、敢于付出、不怕吃亏，我们才能取得朋友的信任，赢得朋友真诚的友谊。这就是人们常说的吃亏是福的道理吧。人生中充满了欲望，就好比一个旅行的人，如果我们什么都想背在肩上，那么一定会搞得很累很累，无心欣赏旅途中的美景，失去了旅行的意义，所以，我们要学会舍弃，轻装出发。而骨气是做人的根本，人只有挺直腰杆儿，才能看见更远处的风景。父亲告诉了儿子人生中的几个关键词——吃亏、付出、舍弃、骨气。这四个词连缀起来，差不多就是人生的全部要义了。

你们也知道……我妈妈每天都要到对面的小山坡上……呼唤我的名字，风雨无阻……

替我叫一声妈妈

孙　禾

这是一个真实的故事，故事就发生在豫南光山。

故事的主人公是母子两人。母亲没有名字，儿子叫大木。

那天，大木被抓起来的时候，他终于后悔得哭了。

大木不是为自己哭。大木为他的母亲哭。大木说，自己守寡的母亲就自己这么一个儿子，自己坐了牢，母亲谁来照料呀？大木说到这儿，就捶胸顿足，一张脸像泛滥的河。

大木被抓那天，母亲没有哭，只是在大木真的要被带走的时候，突然“扑通”一声给警察们跪下，堵在了门口。

但大木还是被带走了。大木被塞进警车的一刹那，还回头哭嚷着：妈——你没儿子了！这喊声像鞭子一样抽着母亲的心。

大木被带走后，母亲就去看守所看大木，可每次母亲都看不到。

在看守所的大门外，母亲对看守所的警察说，我想看看我的儿子大木。警察说，现在还不能看。母亲说，那啥时候能看呢？警察说，再等些时候。母亲就在看守所的高墙外绕啊绕，绕啊绕，泪在看守所的高墙外湿了一地。结果不到三天，母亲的眼就瞎了。

大木不知道。

瞎了的母亲每天只能在看守所的高墙外摸索着绕啊绕，绕啊绕，天黑了都不晓得。

后来，有人对母亲说，在看守所放风的时候，爬上看守所旁边的小山坡，就可以看见大木了。母亲信以为真。

母亲终于找到了那个小山坡。母亲刚爬上山坡，就感觉到山坡下有很多人，她坚信儿子大木就在里面。

母亲在山坡上摸索到了一块平整的地方坐好，就激动得开始一边哭一边喊：大木——大木——你在哪儿，妈来看你了！大木——大木——你在哪儿，妈来看你了……也不知母亲喊了多少遍。

就在母亲流不出泪喊不出声的时候，突然从山坡下传来一阵喊声——大木跪在人群中，拼命地磕着头，并撕心裂肺地喊着，不停地喊着。

原来，在山坡下放风的大木真的发现了母亲。

母亲一听到大木的声音，就颤抖着站了起来，唤得更勤，一双手摸向远方，平举得像一架飞翔的梯。

母子呼应的场面，让所有在场的人都历历在目，也让所有人的那面心灵之旗，在迷离中昭然目睹，在泣然中裸露悔恨。

就这样，一天，一天，一月，一月，母亲都准时地在大木放风的时候坐在山坡上，大木也准时在山坡下举着手臂对着山坡不停地挥着喊着。大木不知道母亲根本看不见他的挥手，母亲也不知道山坡下的人，哪一个会是她的儿子大木。

大木在看守所被羁押了一年后，就要被执行枪决了。大木即将在一声枪响之后，结束他那曾经因罪恶而不能延续的生命。

大木临赴刑场那天，哭着对同监舍的人说：你们也知道……我妈妈每天都要到对面的小山坡上……呼唤我的名字，风雨无阻……她的眼睛瞎了，听不到我的声音她会哭的，所以我走了后，你们谁听到……请替我叫一声——妈妈！大木说完后就泪如雨下了。

同监的犯人们听后，都沉默不语了。

那是一个风雨交加的晚上，母亲又要到山坡上看大木。所有的人都劝母亲不要去了，可母亲坚持要去，说大木还等着她呢，说见不到她大木会难过的，说见不到她大木会难熬的。于是，母亲就蹒跚进雨中。

路上，雨越下越大。

等母亲艰难地爬上山坡的时候，她的衣服鞋子全湿透了，浑身都水淋淋的。可母亲却无比高兴。母亲整理好雨披，就坐在山坡上开始无限怜爱地喊着：大木——大木——妈又来看你了……大木——大木——妈又来看你了！

母亲的喊声在空旷的山坡上无限地回旋着……

风一直刮，雨一直下。

其实，母亲看不到，就在此刻，山坡下已有几十名服刑犯齐刷刷地跪在雨中……

让人落泪的母亲 ◎ 汝荣兴

其实，这篇作品要告诉我们的，不仅仅是母爱的坚韧与执著，更有母爱那种能“让所有人那面心灵之旗，在迷离中昭然”的强大的感召力。是的，“因罪恶而不能延续生命”的大木，在临赴刑场那天要求同监舍的人“替我叫一声妈妈”，无疑便是他那面心灵之旗已“在迷离中昭然”的一个表白，而作品结尾处那“山坡下已有几十名服刑犯齐刷刷地跪在雨中”的场面，则显然更是母爱那种强大感召力的一次集中又感人的生动显现。

一位在土地上劳作一生的父亲，一位勤劳朴实连信也要求别人代写的农民，用自己特有的方式表达着对在外工作的儿子的关心和爱护。

父亲的信

孙盛起

和前几次一样，李星把父亲的来信看都没看就塞进了抽屉。

来这个远离家乡的小城工作已经快一年了，这期间，月月都会接到父亲的来信，偶尔一个月能接到两封。不过，所有的信，他只看过三封——前三封。

起初，他是怀着焦急的心情等待着父亲的来信的。毕竟父亲一个人在乡下料理那一亩三分地，孤苦伶仃又体弱多病，让他放心不下。第一封信他在收发室里就迫不及待地拆开来看。父亲不识字，一看就知道信是让邻居只上了3年小学就回家放羊的周二狗写的：

“儿子：你身体好吗？工作好吗？别担心我，我的身体还好，日子也还过得去。记住，别睡得太晚，别和别人打架，别和头儿顶嘴。还有，晚上起夜要披上衣服，别着凉了。爹说过了，要是你在外面惹了祸，爹就打断你的腿。父字。”

这封信对他这个中专生来看，实在是短而无味，因此刚拿到信时的兴奋转瞬之间就化为失望。尽管他并没指望一辈子和黄土打交道的父亲能说出什么优雅的字句，但这封信也太过生硬，仿佛无话找话，让他丝毫感觉不到体贴和温暖。不过，他还是立刻写了回信（信中故意用了一些周二狗肯定不认识的字词），向父亲说了一些小城和自己的工作情况。毕竟父亲省吃俭用供自己读完了中专，他也因此才有了这份工作，对这一点他是十分感激的。

接到第二封信时，李星开始感到父亲很无聊，因为除了把“晚上起夜要披衣服”换成了“睡觉时不要开着窗户”外，其余和第一封信一字不差。这次他写回信就拖了几天。看完第三封信，他紧皱着眉头，脸上甚至流露出讥嘲的神情。如他所料，这封信和上一封的不同之处，只是将“睡觉时不要开着窗户”改成了“把蚊帐挂上，有蚊子了”。他终于决定以后不再写回信。当然，他并不是为了节省 8 毛钱的邮票，甚至也不仅仅因为面对如此简单粗陋的来信觉得实在无话可说，而是这其中还有一个小秘密——信的末尾，有一行写上又划掉的话，他经过仔细辨认，看出那是“我知道你手头紧，爹也过得紧巴巴”。这再清楚不过了：父亲想向他要钱，可是考虑到他才工作不久，觉得不妥，所以让周二狗把那句话划掉了。对此他的心中顿生怨言：乡下没有多少花钱的地方，即使日子过得紧张，将就一下也就过去了。可这里不行，同事间的应酬自然免不了，自己也不能吃穿太寒酸，更何况他现在正向打字员顾芳献殷勤，上次请她吃饭一家伙就花去了他半个月的工资，因此自己月底还对着瘪口袋发愁呢，哪还有多余的钱往家里寄呢？当然，这些话是不能对父亲说的，说了他也不会理解。而且，父亲这次把这句话划掉了，没准儿下次就真会写上，到那时，他真的不知道该如何是好。思前想后，觉得最好的办法就是既不写回信，也不看信，这样眼不见心不烦，落得个清静。

如今他的抽屉里已经有十几封没有拆看的父亲的来信。

他洗完手，擦完脸，对着镜子把头发梳理整齐。宿舍里的人都到食堂打饭去了，整幢楼显得很安静。今晚他约好了顾芳到外面吃饭，因此在宿舍等她打扮好了来叫他。

有人敲门。他兴高采烈地开门，却见不是顾芳，而是同乡郭立。

“你爸给我来了一封信，问你出了什么事？为什么给你写了那么多信你一封信也没回？真不明白，你怎么不写回信？唉，老人家一个人在家里……”

郭立冷冷地说着，不等他开口问，就狠瞪了他几眼，扭头走了。

这可真让人扫兴。他愤愤地坐到床上，深怪父亲竟然给别人写信打听他的消息。稍一思索，他的嘴角就不禁露出一丝冷笑：不就是为了钱吗？写信来要钱，见没有结果，急了。哼！看他找什么理由要钱！——他这样想着，就拉开抽屉，拿起刚收到的那封信，狠狠地将信皮撕开。

当他将信纸抽出并抖开时，一张5元的纸币轻轻飘落到地上！

他的心一惊，连忙看信的内容，见信的末尾清楚地写着：“我儿，我知道你手头紧，爹也过得紧巴巴，所以别怪爹邮的钱少。”

他发疯似的把抽屉里的信一一拆开。每一封信里都夹着一张5元的纸币，而信的末尾都写着那句同样的话。

无价的爱 ◎安 勇

一位在土地上劳作一生的父亲，一位勤劳朴实连信也要求别人代写的农民，用自己特有的方式表达着对在外工作的儿子的关心和爱护。令人心酸的是，儿子在面对父亲的信时，却产生了误解，把那份关心，轻易地丢在一旁，连看也不愿看上一眼。等到父亲得不到儿子的消息，不得不把信写给儿子的同事，儿子也终于发现了父亲信里的秘密时，儿子才恍然大悟，原来在信中说自己也过得紧巴巴的父亲，并不是打算向他要钱，而是竭尽所能地挤出钱来，寄给儿子。一方是害怕被索取，一方是默默地付出，这两种不同的情感，也许就是父亲和儿子最大的区别吧。父亲永远想着的是自己的儿子，哪怕他帮助的方式只是在每封信里夹寄的区区5元钱，但那份爱却是无价的。

我更愿意把儿子寄错的那封情书，看成是一把神奇的钥匙，它在无意之中，开启了隔在父子之间多年的那道铁门。

错寄情书给父亲

贺双龙

那年，我在远方城市的一所大学读书。

一个有雪的冬天，我对同校的一个漂亮女孩一见钟情。我们不同年级，见面的机会也就很少，我甚至于连她的名字也不知道，但是我实在很喜欢她，于是我决定写信给她，以此来表达我对她的一往情深万般牵挂。

你好：

真不知道该怎么称呼你才能表达我的一片心意。冬天的雪很大，天气很冷，请原谅我没有送你一束美丽的花或者一条暖和的围巾。你似乎离我太遥远了，我们难得相见，即使见面，你也很少注意我，而且从不跟我说话。也许你从来没有给我留一个位置，也许命中注定我们只能一生都陌生着吧？即使如此，我也永远不会怪你。我只有一个小小的请求：这个周末让我见到

你好吗？我夜以继日地想你啊！

最想亲近你的人于星期二深夜

信写得很短，但是真挚可见。因为不知道她的名字，也就省了。写完信已经是深夜，我匆匆忙忙地把信塞进一个信封里，就开始蒙头大睡。第二天起床，寝室长告诉我，他捎带把我桌上的那封信投到邮筒里去了。

“可是我没有写地址呀！”我惊呼。

“写了地址，我只是帮你贴了一张邮票而已。”

天哪，那封情书，被投到谁家的书桌上了？我的桌子那么乱，根本就记不起那个信封上写的是谁的地址了。

周末的下午，我正在图书馆看书，同学来喊我，说是我父亲来看我了。我父亲会来看我？这不可能啊！父亲年轻时好赌，把家底输得精光，最后把母亲气得一病不起。记得母亲去世前嘱咐我，如果父亲不戒赌，就不要认他。但是父亲没有听从母亲的遗愿，依然嗜赌成性，若没有亲友的资助，我是不可能考上大学的。所以我一直痛恨父亲。除了写信索要生活费，我几乎不与他有任何其他联系。

回到宿舍，真的看见父亲坐在我的床边，吧嗒吧嗒抽着烟。我不想见他，正要往回走，寝室长叫住了我。我怕在同学面前难堪，只好硬着头皮进了房。父亲也不作声，只是嘿嘿地笑，很不好意思的样子。

“老伯，喝杯热茶吧。”寝室长热情地招呼父亲，“这么冷的大雪天，您一路辛苦了。”

“不辛苦，不辛苦！我接到信就赶来了。”

信？什么信？我没有给这个不争气的父亲写过信啊？我疑惑地望了父亲一眼，却分明看到他脸上布满沧桑，稀疏的头发里夹杂着丝丝白发。这个当年的浪荡公子如今也老了。

父亲从内衣口袋里掏出一封信，晃了一下又收了进去。

"啊……"我明白了，顿时羞得满脸通红，差点失声大叫：那不是我那寄错的情书吗？一定是那天晚上我晕了头，把它塞进了以前就写好准备向父亲要钱的信封，但是我不能说出来。

"龙仔——"父亲叫我，竟然用的是我的乳名，"我接到信就匆匆忙忙赶来，今天正好是周末……"

"龙仔，我对不起你……我该死！"父亲已经哭出声来了，我也想哭。

"龙仔，你能写信原谅我，我真高兴！"父亲走过来握住了我的手。

"爸爸——"我还能拒绝如此让人心醉又心痛的亲情吗？我扑进父亲的怀里。父子两人抱头痛哭。

那封寄错的情书，就这样轻易地融化了那场大雪，也融化了横亘在我和父亲之间的坚冰。父亲后来开始正正当当地做生意，赚的钱也没有拿去赌博，而是积下来买了一套房子。我毕业了，又参加了工作，一直跟父亲住在一起，我们过着父爱子敬的日子。

然而，我还是不敢跟父亲说明那封情书的真相。有几次我向父亲讨要那封信，却遭到断然拒绝。父亲说，他要一辈子珍藏着那封信。

因错产生的至爱 ◎安 勇

我更愿意把儿子寄错的那封情书，看成是一把神奇的钥匙，它在无意之中，开启了隔在父子之间多年的那道铁门；我也愿意把那封情书看成是一只手，伸出去时只是一只，收回来时，成了一双，因为父亲和儿子的手已经紧紧握在了一起；我也愿意把那封信看成是洪水过后，鸽子带回来的橄榄枝，它预示着父子之间的和解。甚至这封信还是一剂良药，它轻易就治好了父亲的恶习。这封错寄的情书告诉我们一个道理：这世间有很多东西也许并不像我们想的那样，也许在我们的心里对一些事物还存在误解，只要我们能够主动去尝试，就会给别人、给自己、给亲情一个机会。

对一个才5岁的孩子来说，母爱的幸福与甜蜜，或者说是想象中的那种母爱的幸福与甜蜜，却又千真万确如那糖豆一样的简单和感性啊！

一颗糖豆

赵　新

我4岁时便成了没娘的孩子，我记不清娘的模样。

常见别的孩子被娘抱着，被娘背着，被娘揽在温暖的怀抱里，喂饭喂水，喂奶喂汤，热了给扇扇子，冷了给添衣裳；而这些岁数比我还要大的孩子还在娘的跟前撒娇，想踩着娘的肩膀上树，想登着娘的脑袋去够天上的月亮；有时候把尿淋淋漓漓撒在娘的脸上，还高兴得手舞足蹈，乐不可支，问娘味道好不好，香不香。

娘们对自己的孩子总是又亲又啃，百般关爱，总是眉开眼笑地点着头说，好，好，小孩尿，赛如药，这尿味道又香又甜，又甜又香。

我看得如痴如醉。我也想踩着一个人的肩膀上树，我也想登着一个人的脑袋去够天上的月亮，我也想把尿撒在一个人的脸上，然后手舞足蹈地问，味道好不好，香不香。

可是我哪里也找不到娘。

我跑回家里，18岁的哥哥正蹲在灶前做饭。

我说：哥呀，咱娘哩？

哥说:咱娘死了。

我说:什么叫死了?

哥说:死了就是死了,你说什么叫死了?

我说:娘为什么死了?

哥说:娘有病,娘病死了。不是娘死了,我能蹲在这里给你做饭?这是男人干的活儿吗?

柴火淋了雨,又湿又潮不好烧,屋里到处是烟,哥哥的眼睛被呛得流泪了。灶里的火灭了,哥哥凑上去朝灶里吹风,那火呼一下子冒出来,烧了哥哥的眉毛。

哥哥推了我一下:你起来,你起来,看不见碍事吗?

我往旁边挪了挪:哥哥,娘为什么有病?

哥哥烦了,哥哥恼了。哥哥阴着一张脸冲我吼道:我知道娘为什么有病?我不愿意叫娘活着?你是个猪呀你!一烧火棍子打到了我的脑袋上,那根烧火的棍子还冒着红红的火苗。

哥哥下手太重,连惊带吓带痛,我在炕上躺了三天;虽然哥哥也给我喂水喂饭,但我总觉得他的脸上有火,他的手里拿着棍子,他的心里很不耐烦,见了他我就胆小。

我想,有娘多好,有娘多享福呀!

我想,娘啊娘,你怎么就有了病?你怎么就死了?

后来有一天中午,爹坐在院里给我补一件衣裳。爹的手很大,那根针很小,爹老是捉不住那根又光又滑的针,爹的手抖得很厉害。

我凑在爹的跟前问:爹,我娘哩?

爹抹了一把头上的汗说:你娘走了。

我说:娘走了?娘到哪里去了?

爹说:你娘走亲戚去了。

我说:爹,娘什么时候回家来呀?

爹说:这一回娘走远了,一时半时回不来……二小,你想娘啦?

我说：想，天天想。

爹说：别想啦别想啦，爹给你当娘，爹也是娘呀！

我说：爹说得不对，爹不是娘。

爹说：咋不对？

我说：爹没有奶，爹也不会缝衣裳。

爹的手剧烈地一抖，那根针深深地扎到拇指上，一朵血花冒出来，在太阳地儿里闪着耀眼的光。

爹沉默了，我也沉默了。爹想什么我不知道，我想爹的手一定很痛很痛，就像哥哥的烧火棍打在我的头上一样，不光肉皮痛，心里也痛。我觉得我想得很对，因为我看见爹的眼里有了泪水，那泪水纷纷扬扬掉出来，落在被补着的那件衣服上。

那天夜里油灯摇曳，秋风送凉，爹在被窝里捉住我的手说，二小，以后别再想娘啦，鸡叫天明，鸡不叫天也明，没娘的日子咱也得过呀，你说是不是？

我想说不是，但又怕爹眼里落泪，就说是。

第二年春天，柳枝绿了，桃花红了，和风吹来，遍地暖洋洋的。那一天我们村里走过一队战士，他们穿着灰色的军装，肩上挎着长枪，步伐很是整齐。村里人都去看，有的给战士们递开水，有的给战士送鸡蛋，还有送鞋送袜子的。我也挤上去看，可是不知是谁踩了我的脚，我就"哇"的一声哭了，因为痛得受不了，哭得差点断了气。

这时候有个挎盒子枪的战士走过来，把腰一弯，就把我高高地抱起来了。

他一边给我擦泪一边很和蔼很慈祥地说：不哭不哭，看哭哑了嗓子。不哭不哭，你看这是什么？

他像变魔术一样从他的口袋里掏出一粒红色的药丸来，塞到了我的嘴里。

那个小小的药丸很甜很甜，从嗓子里甜到心里，我从来没有吃过这样好吃的东西，我感到很幸福，我一下子笑了。

战士亲了我一下，放下我匆匆地走了，后来我才知道那不是药丸而是一颗糖豆。

队伍走远了，乡亲们围住我议论纷纷，有人问我那个给我丸丸的兵是谁。

我很激动很认真地说：他是我娘！

那是 1944 年，那一年我 5 岁。

无可替代的爱 ◎ 汝荣兴

也许，将一个只是给了自己一颗糖豆的人当做“我娘”，实在显得有些可笑，但对一个才 5 岁的孩子来说，母爱的幸福与甜蜜，或者说是想象中的那种母爱的幸福与甜蜜，却又千真万确如那糖豆一样的简单和感性啊！这篇作品通过非常细致的心理描写、对话描写与人物动作描写，十分真切又十分深入地刻画出了身为没娘的孩子的“我”那种想娘想得“如醉如痴”的内心感受，从而从侧面而不是从正面给我们塑造了一个让人梦牵魂绕的母亲形象，读来令人忍不住泪水涟涟。

一份爸爸做出的香肠蛋饼竟然奇迹般地拉近了女儿和爸爸恋人的距离，香肠蛋饼神奇地在两人之间架起了一座桥。

爸爸的恋人

[日]森瑶子　胡　澎/译

“星期五晚上有空儿吗？”爸爸从晨报上抬起眼来询问。

“现在看来不会有什么事。”我一边狼吞虎咽地用叉子吃着爸爸特为我做的香肠蛋饼一边回答。自从称赞过爸爸做的香肠蛋饼好吃以来，每天早上，爸爸都特意为我做。其实，对我来说，有水果和牛奶的早餐就足够了。

但是，一天中只有在早上，才能和忙碌的爸爸见上一面，爸爸在这段时间里兼任父亲和母亲双重角色。

如果想让爸爸高兴，很简单，那就是将味道稍淡又稍油腻的香肠蛋饼，连说好吃好吃一扫而光。这也是维系父女二人的家庭美满幸福的一个秘诀。

“那么，一起吃晚饭吧。”爸爸若无其事地说，视线又回到晨报上，我心里闪过一丝疑问：“就我和爸爸两人吗？”

“嗯？”爸爸装作没有听见似的来拖延时间。不出所料……我放下叉子，小声问道：“和谁一起？是女人吧。”

父亲沉默着收起报纸，直视着我回答说：“是的，和一个女人一起，不介意吧。”

“你早就计划好的吧。”

我的声音里有一种蛮不讲理的冷酷，父亲一时间沉默地注视着自己的手。

“我很想让你见见她。”父亲用非常沉稳的语调说。

“为什么？”我实在憋不住，边收拾饭桌边毫不客气地道。

“不管怎么说先见见再说吧，她人很好。”父亲避开了我的问话。

“也就是说你准备结婚了？”我打开水管里的热水，装作无所谓似的问道。

“对，不过是早晚的事。……但在此之前，我想让她和你……”

我打断父亲的话说：“结婚！那不是挺好的吗？”我差点儿把盘子掉在洗碗池里。

“我希望你能喜欢她。”父亲的表情看上去有点尴尬。

"怎么可能喜欢呢？"我突然脱口而出。

"见都没见，你怎么知道不可能喜欢。"父亲似乎有些伤感。

"反正我知道，我只有一个妈妈。"

爸爸完全陷入了沉默。我觉得自己语气渐渐变得尖酸刻薄起来："还不到一年半，妈妈就被遗忘了啊！"

一刹那，我恨死自己了。都已经21岁了，说话却像十二三岁的小姑娘一样不考虑后果。

"你担心的……"父亲说道，以一副异常平静的声调，"并不是妈妈被遗忘了，你怕我结婚后会冷淡你，不是吗？"

这回轮到我沉默了。正用温水冲洗的盘子已经用洗洁精洗了十几遍了。

"你不管到什么时候都是我女儿。这一点永远不会变。"父亲又加了一句："即便你活到60岁。"

我的眼前浮现出自己60岁的样子。那时候大概也会像现在一样绷着脸朝89岁的父亲撒气吧。想到这儿，我突然"扑哧"一声笑了出来，父亲也笑了。

这一笑使心情为之一变。

"对不起，我把妈妈抬出来当挡箭牌不公平。"

我心里最清楚爸爸有多爱妈妈。自从妈妈去世后，父亲那看不见的伤口似乎一直都在淌血。

父亲很寂寞，那巨大的空虚是女儿所无法安慰和填补的。虽然我也很寂寞，但如果说我和父亲谁更空虚，显然是父亲了。能这样想，也就意味着我成熟了，既然这样，就得像个大人似的去做。我答应了周五的晚餐。

那天晚上，父亲比我还要紧张。看到父亲那么紧张，我便知道这位女性对父亲来说已变得相当重要。想到这儿，又不禁有些怅然。祝愿着父亲能够找到幸福，同时，心又渐渐浸透凉意。一瞬间，对这个将爸爸从我和妈妈身边夺走的女人产生一股恨意。

忽然，一阵儿香水味儿飘了过来。

那是一抹温柔的令人怀念的香味儿。一位满面含笑的女士走了过来。父亲连忙起身相迎。

“听说你爸爸每天都给你做香肠蛋饼？”突然那香水味儿柔柔的甜甜的声音说道，“其实，我也偶尔被款待品尝呢。”

她眨眨眼笑了笑，那是一种心照不宣的亲密的眼神：“听说你从没说过一句挑剔的话，我想你是个善解人意的好女儿。”

她一定是位职业妇女。她以一种洒脱的姿势在我们面前坐了下来。

“你说过他做得不好吃吗？”我反问道。心里的焦躁已经平息了。

“没有，从没说过。”

“为什么？”

“要是夺走他这一乐趣，他不是太可怜了吗？”

爸爸做得糟糕的香肠蛋饼，使我和她迅速地接近了。

“你用的香水是‘阿佩琼’牌子的吧？”我问道。

“哎呀，你真在行。”

她的面颊闪烁出光彩，我没有告诉她这是我母亲生前所喜欢用的香水。

神奇的蛋饼 ◎安 勇

面对爸爸的新恋人时，女儿的心情是无比矛盾的，她忘不了自己去世的母亲，对爸爸的恋人有抵触情绪，但她也不想让爸爸孤孤单单地度过余生。而爸爸的心情也诚惶诚恐，生怕因为自己的恋人，伤害女儿的情感。在这种微妙的心理面前，一份爸爸做出的香肠蛋饼竟然奇迹般地拉近了女儿和爸爸恋人的距离，香肠蛋饼神奇地在两人之间架起了一座桥。因为香肠蛋饼让她们一下子明白了：不管是女儿还是爸爸的恋人，她们都爱着那位失去妻子的男人，正是因为爱，所以她们才能心甘情愿地吃下他做得不合格的早餐，而且还会夸张地连声说“好吃，好吃”。有了香肠蛋饼，有了这种不言自明的爱，可以想象，他们三个人以后的日子，一定也会过得非常幸福和快乐。

这种本色，不仅是农民的本色，正是做人的本色，有了这种本色，你就会在傍晚的夕阳里看见金黄色的稻谷，看见自己像稻谷一样灿烂的人生。

感谢父亲

吴富明

打工之前，父亲叫水生和他最后收割一次稻子。

父亲的身子就如镰刀一样，在湿田里不停地抖动着。父亲没和水生说一句话。只见稻子成堆地被父亲摆在身后。

水生想，父亲一生永远也改变不了老黄牛的本性。水生觉得自己是万万不能像父亲一样只知闷声干活的。

歇歇吧，爹。水生叫了一句，他感觉腰像散了架竟支不起来了。

父亲没有吱声。能听见的只是镰刀锯裂稻子的杂声。此时的父亲正沉浸在一片喜悦中。沉甸甸的稻穗在他手里就是一年的希望。

终于到了田的另一头。父亲才抬起头，轻轻直起身叫了句，水生，打穗啦。

歇够脚的水生从田埂上站起来下到水田中，转身抱了一把稻穗就打起来。

父亲放下镰刀，也过来打起穗。父亲打得很起劲，稻草里几乎没有了稻穗。父亲说，水生，打干净些，不饱满的谷子以后碾了糠还可以喂猪。

水生说，爹，这湿田烂地不好打，弄不好天就暗了。

父亲说，你这是最后一次跟爹收割稻子，你就好好打吧，说不定天暗之前就打好了。你以后出外打工可千万莫急性子呀。

水生说，爹，你就放心吧，我以后会留钱回来给你的。打工比收割稻子要强多了。

父亲没再说话。他手上的稻穗迎空而下，打得谷斗砰砰直响。

夕阳映在田里，像铺上了一层金粉。父亲说，水生，我打了一辈子稻，就喜欢这个时候的阳光，看起谷子来，像一粒粒金豆子呢。

水生说，爹，那是你的幻觉。小时候，我们村小学的语文老师也常这么形容的。现在，我看哪，这个时候是太阳小些了嘛。爹，你要不先歇歇？

父亲说，不歇了，趁早装袋吧。

父子俩将谷子装完袋后，夕阳就落下了。四周田里尽是散落的稻草，收割的人们正在往公路上抬包装车。

水生说，爹，请人抬吧。看谁家没个帮手的。

父亲说，将就吧，我还没老呢；何况你也在呀。

父亲躬背，将一包谷子甩在背上，深一脚浅一脚就沿着田埂向公路上走。

水生也背了一包。他想，父亲也真是的，老是这么死干，掏些钱请人背不就省事了。公路上不是有人正等活干吗？

父亲背得很吃力。

水生见了，心里一阵难受。他拖住父亲说，爹，你就歇着吧，我背就行。

父亲喘着粗气说，人老了，这活气力上不中用了。唉。

你小心啊，别闪着腰，过几天，你还要去打工。父亲说这话时，脸上竟开始绽开了笑容，他一甩手又往背上压了一包。

一星期后，水生离开父亲去省外打工了。

一家工厂要招收仪表工。来报名的人很多。

厂方代表说，不管你学历如何、有没有工作经验，只要能将厂方交代的事做得最好者，就录用。

每个来报名的人都拿到了一大堆宣传单。厂方代表说，谁要是将手中的单子发完，就可获得50元。时间为一天。

开始行动了。有人不到半天就散完；有人请人散发；有人干脆往火中一烧了事。那些人早早地领到了50元。厂方代表说，你们都不错，会动脑。

水生开始也这么想过别人的方法，别人也教过他。可是他突然想到了父亲割稻和背包时的情景，他就没有了别的念头。

于是，他挨个地发，整一天，他还没有完成任务。

第二天，他来厂代表处，交还剩下的单子。

厂方代表笑笑说，你呀，怎就不动脑呢，这50元可是很好赚的。

水生说，我尽了我的努力，我能收获多少就是多少，我不想为此动歪心，不然，我以后就不能做正事了嘛。

厂方代表说，看不出你还不失农民本色。给，这50元，是你的劳动所得。

水生说，可我没完成任务。

厂方代表说，这50元可不是散单子那50元，这是你的工作奖励，因为你被录取了。要知道，我们招收的不是推销员，而是仪表工，这是一项关系到生产安全的工作，要求人员认真、尽责，靠歪点子、走捷径是行不通的。其他的人挣的50元那只能是辛苦费而已，与工作无关。

水生很激动。他这时才明白，一生像老黄牛干活的父亲为什么总是不轻易说歇，他是在为夕阳前所有的劳动争取一种结果。

3个月后，水生汇回了第一笔工资。他在汇言栏中只写了四个字：感谢父亲。

本色 ◎安勇

一辈子都在土地上辛勤劳作的父亲，在水生临出门打工之前，带着儿子收割了最后一次水稻。这看似平常的事情，其实饱含着父亲对儿子

的良苦用心。父亲是用收获水稻这件事委婉地告诉儿子一个道理——不管是在地里干活儿，还是在工厂打工，都要踏踏实实，尽心尽力。水生显然是明白了父亲的意思，而且在第一次考验面前出色地完成了任务。负责招聘的人说的一句话让我难忘，他说水生有农民本色。其实我觉得这种本色，不仅是农民的本色，更是做人的本色，有了这种本色，你就会在傍晚的夕阳里看见金黄色的稻谷，看见自己像稻谷一样灿烂的人生。

在这世界上，只有母亲的眼睛，才能真正注视我一生。

谁能注视我一生

侯德云

母亲是一个普通的乡村小学教师。一间教室，一块黑板，一支粉笔，还有一个家庭，构成她生活的全部内容。

我很想对她唱一首歌，反反复复地唱：小时候，我以为你很美丽，领着一群小鸟飞来飞去……

我也很想成为她那样的人。可惜，在我的愿望即将实现的时候，她突然去世了。

非常难以理解，母亲为什么要离开乡村的新鲜空气，为什么要离开她精心呵护的那一群小鸟，为什么要离开她最牵挂的父亲和我，以及我的兄弟姐妹。

母亲离开了我们，我们却离不开她。

父亲特别伤心，伤心到了愤怒的程度，他觉得苍天太不公平。

父亲说，我又没有做过伤天害理的事，老天爷凭啥要这样对待我？

连续很多天，父亲一直这样说。他是接受不了这样的事实啊。

我比父亲更伤心，世界上最爱我的人走了，我有一种被遗弃的感觉。我觉得自己成了一个孤儿。

父亲也是爱我的，可是，父亲的粗糙怎么能跟母爱的细腻相比呢？

在我很小的时候，乡村生活是很艰难的。种种的不如意，使父亲变得很暴躁，常常为一点儿鸡毛蒜皮的小事大发脾气。母亲却不是这样，她总是默默地承受。此外，她还有一种非凡的本领，能够从漆黑的夜色里看到黎明的霞光。她用霞光来抚慰父亲，直到他的脸色变好而止。

很多年后我才明白，父亲的暴躁，其实是一种男人式的撒娇，是一种发自灵魂的呼唤。他像一个受了委屈的孩子，渴望母爱的抚慰。

生活中有很多人，包括弱不禁风的女人，也包括虎背熊腰的男人，都是永远也长不大的孩子，你说是不是？

母亲离开我已经很多年了，但我永远也忘不了她，她的音容笑貌，至今还时常在我眼前出现。

我印象最深刻的，是母亲的眼睛。

母亲的眼睛中有一种泉水般的清澈。这种清澈的目光，使我的童年和少年时代，拥有过游鱼般的自由和欢乐。

母亲经常跟我说起我小时候发生的一件事。那时候我太小了，还不会走路嘛。我不是一个神童，肯定不会记得那么小的时候发生的事，但母亲一次又一次反复说起，使我不能不相信它真的发生过。肯定是真的，母亲从不说谎，她也没有理由为这样一件微不足道的小事对我说谎。

有一天，母亲看见我躺在土炕上睡着了，就悄悄锁了门，出去了。一定是有什么要紧的事，否则，母亲绝不会把她幼小的儿子一个人扔在家里。

按照母亲的说法，在她回家之前，我就醒过来了。

我应该用虚构的方式，来填补母亲回家前的那一段空白。

我睁开眼睛，把小脑袋转来转去，想看看母亲在哪里。我没有看见母亲，急得哭了起来。

我从土炕上爬起来，把小脑袋转来转去，想看看母亲在哪里。我没有看见母亲，急得又是一阵大哭。

我想尿尿，把小脑袋转来转去，想看看母亲在哪里。我没有看见母亲，只好自己尿了。尿液在土炕上洇开去，我感到小屁股底下有了一股水样的温热。

我饿极了，把小脑袋转来转去，想看看母亲在哪里。我没有看见母亲，却看见屁股下面有一条红色的大鲤鱼。我捉到了那条大鲤鱼，一小块一小块，把它身上的肉撕下来，填到嘴里吃掉。味道很好。

母亲笑着说，她回到家里，看见我把炕纸上的那条大鲤鱼都吃掉了，手指甲里塞满了泥，嘴角上也是泥。

说到这里，母亲突然不说了。她凝神注视着我，她的目光里有一种泉水的清澈。

母亲常常这样凝神注视着我。当我在学习上有了进步的时候，当我被评上“三好学生”的时候，或者，当我闯了祸的时候，母亲都会这样凝神注视着我。

我是在母亲的注视中一天天长大的。

我上大学的那一年，离开家的前夕，母亲最后一次跟我说起我小时候吃掉炕纸的事。她说，从那一天开始，她就知道，她的儿子长大以后会有出息。以前，她从来没有跟我说过这样的话。我并不知道她这样说的真正寓意是什么，直到大学毕业的那一年，我才真正懂得了她的良苦用心。

得到母亲去世的噩耗，我匆匆忙忙同时也是心慌意乱地赶回了老家。

在母亲的灵前，父亲流着眼泪交给我一个日记本，说，这是你母亲留给你的遗物。

那是一个空白的日记本。扉页上有母亲亲笔写下的一句话：儿子，你要在这本日记上，写满你一生的辉煌。

母亲！

我跪在灵前，用一颗滴血的心，一声声地呼唤着她。

我知道，母亲留给我的，不是一本空白的日记，而是一双眼睛。

我知道，在这世界上，只有母亲的眼睛，才能真正注视我一生。

深深的母爱 ◎汝荣兴

读这篇作品，最值得我们注意的，是作家所使用的那种诗化的语言。当然，作家之所以要使用这种诗化的语言，是因为作家所感受到的，是一种诗化的母爱。是的，母亲之所以会始终记着我们小时候那诸如“吃掉炕纸”的点点滴滴，是因为“母亲的眼睛中有一种泉水般的清澈”，并始终在用这样的眼睛“凝神注视着”我们；是的，我们应该永远记住，“在这世界上，只有母亲的眼睛，才能真正注视我一生”。

母爱如水，淡淡的液体中，却能品尝到微微的香甜。

Part Three 你很重要

假若苍天有灵，再给我一个只与父母同过的节日，我只求同往年一样，与父亲饮餐茶与母亲聊聊天。如果这个请求太过分，再省一点，让我拥着父母，只说一句——爸、妈节日快乐！足矣。

这时的父亲在读者心中的形象又有了一次升华，他不再是个等着捉贼的执法者，而是一个充满了同情心、善良的老人。

父亲的守候

魏永贵

儿子在城里买了大房子又装修好了，就催着乡下的父亲来城里享受一阵儿。几个电话打回去，父亲说，行，等我把地里那只贪嘴儿的鼠贼子逮住了就来。

父亲是个认真的人。

父亲在秋天种了一亩花生，贪嘴儿的老鼠每天去花生地里掏。别人家总是在下种的时候拌些农药，鼠贼子闻着味儿就不敢去偷。于是有人就劝父亲也拌些农药。

父亲说，哪能呢，电视上都在演绿色食品，再说来年花生下地儿，我还要拎些给城里的儿子媳妇吃咧。

父亲把花生籽一种到地里就开始守候。

父亲知道，一过了三五日，那花生籽在地里发了芽，鼠贼子就不打它们的主意了。父亲在地头挖了一个坑，每天就躲进去，身上盖了枯草，手里握一把宽面的铁锹，就那么守着。渴了就咕咚一口瓦罐的水。守到第三天，一只鼠贼子领着鼠娃子鬼鬼祟祟过来了。父亲看见，鼠们到了地头，那只领头儿的鼠贼子示范一样撅了屁股，用一双前爪飞快地刨起了土。不一会儿，那地就刨出了一个窟窿。正当那鼠埋了半截身子拼命刨土时，父亲单手挥出了铁锹，不偏不斜，拍在那只老鼠的身上。众鼠愣了一刻，呼啦啦四处逃散。

父亲露出了疲惫的笑。就让那只半截身子埋在土窟窿的大老鼠屁股朝天地竖在那里。父亲知道，别的鼠们再也不敢轻举妄动了。父亲放心地收拾了几件衣服，辗转坐车到了城里。

见了父亲，儿子和媳妇一脸欢喜，带着父亲去了城里几个好看好玩的地方转了个遍。之后，把父亲撂在了宽大的房子里。儿子拿出 200 元钱，说，爹，这钱给你零花，楼下商店有烟，你自己去买。

儿子和媳妇上班去了，父亲就在家里看大屏幕彩电。几天下来，眼睛肿了，后背僵了，腿也抽筋了。父亲就锁了门到楼下去转。那天下午刚哐啷锁了门，父亲突然记起忘了带钥匙，就只好在楼下使劲溜达。偏偏赶上儿子媳妇晚上不回家吃饭，父亲就一直溜达到半夜。一不小心，跌进了被人偷走井盖的下水道。后来，直到看见儿子窗户里亮起了灯，才一瘸一拐上了楼。儿子见父亲膝盖破了，连声追问。父亲说，没啥，掉坑里了。

第二天，父亲的腿肿了老高。儿子把父亲送进医院一透视，父亲的小腿都骨折错位了。儿子红了眼睛，爹！你还说没事呢。

父亲才住了几天院就嚷着要回儿子家，嘟噜说受不了医院那股味儿。儿子只好把父亲接回了家。儿子一个电话接着一个电话往小区物业管理处打。父亲渐渐听明白了，儿子要替伤了腿的父亲打官司。儿子打了一阵电话就不打了，坐在那里生闷气。

父亲说，你们城里人太复杂了，谁偷的井盖找谁不就成了么。

儿子说，你想得太简单了，你能抓住偷井盖的吗。

父亲咕哝说，咋不能，偷花生的鼠贼子都被我逮住了咧。

儿子笑着说，行，哪天你去试试。

腿好了的父亲在一天晚饭后真的下楼去了。媳妇跟儿子嘀咕，你爹是不是把脑袋也磕坏了呀。儿子正色道，瞎说什么。说罢又补充了一句，

让他折腾去吧，闲着也是闲着。

父亲在楼下守了两个晚上，都是半夜空手而归。第三个晚上，父亲突然有了一个主意。他掀开一个活动的井盖，溜了下去，又把自己盖上了，等待贼下手。也许该那偷井盖的人倒霉，父亲守到 11 点，正要收兵，真的等到了那只手。箍上去的，是父亲那只冰冷、滑腻的手。待父亲爬上地面，隐约的路灯下，父亲看见了一个吓呆了的黑瘦的女人。

父亲赶紧松了手。

女人后来呜呜地哭了。

女人说，大叔，饶了俺吧。

父亲说，一个女人家，咋就干起了这个营生。

女人说大叔，俺家里有一个瘫子男人，还有一个上学的娃儿，俺就到城里捡破烂来了。

父亲说捡破烂咋就捡起了公家的井盖。

女人低声说，井盖不是能卖七八块钱一个么。

父亲有一会儿没说话。后来父亲问，这楼前楼后有几个井盖？

女人说俺也没有数过，咋的也有上 10 个吧。

父亲就突然掏出了一张百元票子塞到了女人手里。父亲说你把钱拿走，别再惦记这几个井盖。

父亲就转身走了。

父亲回来的时候衣服脏兮兮的。儿子皱着眉说，怎么了？父亲拍打了一下，说，没啥，摔了一跤。儿子加重语气，爹，别再惦记抓贼了。

父亲说，嗯，不抓了。

放射光辉的人性 ◎安 勇

从乡下来的父亲是个疾恶如仇的人，他在被人偷走井盖的下水井前深受其苦后，像在家乡的花生地里抓偷花生的老鼠一样，守候在夜晚城市的街头，发誓要抓住偷井盖的贼。这时候父亲的胸中一定满怀愤恨的期待，他要将偷井盖的人生擒活捉，让别人不再像他一样掉进井里，大概在他心里也有准备向小偷复仇的快慰。但当父亲把偷井盖的人捉住，听了那个女人的倾诉后，却放掉了小偷，反而还把自己的钱送给她。这时的父亲在读者心中的形象又有了一次升华，他不再是个等着捉贼的执法者，而是一个充满了同情心、善良的老人。比较起来，我更喜欢这时的父亲，因为他在夜晚、在冷清的街头，放射出了人性的光辉，这光辉让人温暖。

让我们一齐动手拨通家里的电话，告诉接电话的我们的母亲，“妈，我就是专门给您打的”吧！

妈就在旁边

黄　彦

在外地开会，很想家。午间休息时，我估计她们该刚吃午饭，一想到机灵活泼的女儿和温柔贤淑的妻子我心里就甜，于是拨通家里的电话。

“喂，你找谁？”老妈苍老的声音。

“妈，是我，叫小不点接电话。”

“小不点”是女儿，她接过电话，我问她上学迟到了没有、听不听话、放学是奶奶接的还是妈妈接的……

我还反复叮嘱她要睡午觉、下午带凉开水、过马路要小心……

她心不在焉地应着，末了说："没事了吧，爸？没事我要去看电视了！"鬼丫头，没事就不能打个电话？

我担心女儿粗暴地挂了电话，便说："没事！你让妈妈接电话！"于是我又跟妻子扯闲话，虽是闲话，可让我心里温暖。末了，妻子问："妈就在旁边，跟她说话？"

我说："不了，挂了吧。"

放下电话我还在埋怨女儿，一点也不懂可怜天下父母心，出门在外，想听听她的声音，却嫌我口嗦，太不懂事！

我忽然一惊，我想到老妈！我有那么多话对妻子女儿唠叨，怎么对老妈却无话可说呢？我还那样埋怨女儿，可老妈该如何埋怨我？想到这，我满心自责，于是再次拨通电话，老妈一听又是我，说："孙女在看电视，她妈在洗碗，我去喊她！"

"不、不、妈，我就是专门给您打的……"我有些哽咽地说。

不要忘记母亲 ◎ 汝荣兴

说到底，这实际上是一篇仅有一个生活细节所构成的作品，而这样的生活细节不仅普遍存在于我们的生活中，更是那样的发人深省并令人自责——你是不是也曾忽略过"就在身边"的妈妈？你究竟有没有想过"老妈该如何埋怨我"？所以，就在此刻，在我们读过了这篇《妈就在旁边》的此刻，让我们一齐动手拨通家里的电话，告诉接电话的我们的母亲，"妈，我就是专门给您打的"吧！

我们从母亲眼角慢慢流下来的那“两行泪水”中，体味到我们的母亲原来是这样的容易满足，只要我们能像她抱我们那样抱抱她。

我抱了我母亲

石　明

临近年假时，母亲尿出血住进了海门人民医院，我和妻子急忙赶去照顾，所以这个春节几乎是在医院里度过的。

小年夜轮到我照顾妈，护士进来换床单床被，母亲因病得不轻无力下床，我赶紧说：“妈，别动，我来抱你。”我用右手托着母亲的脖子，左手抄起了母亲的腿弯子，发力一提，却没想到母亲很轻。见我笨拙，护士小姐责怪道：“下那么大劲干什么？”我说：“没想到我妈这么轻。”护士小姐问：“你妈有多重？”我答：“我妈至少有一百多斤。”护士小姐扑哧一笑：“别说你妈病了，就是不病也已是80岁的老人了，我看不会超过85斤。”母亲说：“84斤，刚称过。”在我的印象中，母亲的体重从来没有这么轻过。我心里酸酸的。护士小姐却取笑我：“当儿子却不知道自己母亲的体重。”我说：“惭愧，确实不知道，说明我不孝顺。”护士小姐说：“那知错就改呀！”我说：“我妈含辛茹苦，把我拉扯大，大学毕业有了事业却离开了家。如今，妈老了，病了，可我却不能留在妈的身边。”望着母亲干瘦的脸，我愧疚地说：“妈，我不孝！”母亲却笑着说：“你为国家做事，有了出

息，妈高兴还来不及呢？”

此时，护士小姐铺好了床，吩咐我动作轻一点。我顺着强烈的要尽孝的思路惯性对母亲说：“妈，世上只有娘抱儿，可今天我想要抱抱你，看着你入睡。”母亲说：“快放下，你不怕别人见了笑话。”护士小姐说：“没有人会笑的，大妈，你就让你儿子抱吧。”由于我坚持，母亲也无法反对。我俯下了身，轻轻地把母亲放在了病床上，抽出了左手，右手仍托着母亲的脖子，就像小时候母亲抱我一样。我还学着母亲当年的样子，轻轻地哼起了舒缓的家乡歌谣。母亲微笑着轻轻地闭上了眼睛。

可是，只有一会儿，我就看见有两行泪水从母亲的眼角慢慢地流下来……

一个拥抱就满足的爱 ◎ 汝荣兴

这是一篇既平实又感人的作品——说它平实，是因为这篇作品根本就没有大起大落（更谈不上曲折离奇）的情节，而只是纯客观地记录下了“我”在医院里先后两次抱母亲的经过；说它感人，则是由于作品纯客观地记录下“我”先后两次抱母亲的过程，既饱含着一个儿子对生他养他的母亲的那种“心里酸酸的”愧意，又充满了一个儿子对生他养他的母亲的那种脉脉的、深深的爱意和谢意，同时也使我们从母亲眼角慢慢流下来的那“两行泪水”中，体味到我们的母亲原来是这样的容易满足，只要我们能像她抱我们那样抱抱她。

读这篇作品的过程，犹如听那首《常回家看看》的歌的过程。

绿鹦鹉

邵宝健

荷城那条衣裳街上，出过几位杰出人物，摆过服装摊的刘思劲就是其中一位。如今他去琼岛闯荡，已有三年没回家了。刘母思儿心切，频频央人代笔修书要儿子回家看看。

这天，刘思劲终于拨冗回到老家。刘母看到年过30、略呈富态的儿子，喜极泪涌，抱着儿子的肩头，说：“孩子，你把家忘了吗？把妈也忘了吗？”

刘思劲的眼圈也潮湿了，连忙说：“妈，看您说的，我怎么能忘了家，怎么能忘了妈呢？”随即把送给母亲的礼物呈上——一只精致的鸟笼，里面养着一只绿鹦鹉。此鸟头部圆，上嘴大，呈钩状，下嘴短小；羽毛十分漂亮，像披了一身翡翠。这只绿鹦鹉买来已有数月，刘思劲带在身边悉心调教过了。

刘母听儿子说买这只鸟花了9000元，便嗔怪儿子不懂得珍惜钱财。“你呀，你，赚钱不容易，这么大的破费，就不妥当了。”刘母又爱又愠地唠叨个没完。

刘思劲实话实说：“妈，我是这样想的，我正在创办一家公司，很忙，

不能抽出太多的时间来看望您。就让这只绿鹦鹉代表孩儿陪陪您老，您可以随时和它拉呱拉呱啊。”

刘母说：“它怎么陪我，它能代替你么？你爸去世得早，我都快70了……”

儿子一时语塞，不知该用什么话来抚慰母亲，就调教鹦鹉说话。绿鹦鹉模仿着刘思劲的腔调说：“妈妈，您好。妈妈，您好。我是刘思劲，我是刘思劲。”刘母闻声，开心得笑起来：“这绿鹦鹉真乖。”

在家住了一阵，刘思劲就踏上归程。

刘母又形单影只，好在有绿鹦鹉相伴。清晨，她给鹦鹉喂食，它就说：“妈妈，您早。我是刘思劲。”中午，她给它喂食，它就说：“妈妈，您好，我是刘思劲。”傍晚的时候，她给它喂食，它就说：“妈妈，您辛苦了，歇歇吧……”刘母甚感欣慰，寂寞的日子里就像有儿子在身边一样。她对它宠爱有加，给它洗羽毛，又怕它凉了，又怕它热了。闲时，也带它到公园逛逛，让它呼吸新鲜空气，见见它的同类们。

这样过了一年，刘母在一个清晨溘然病逝。刘思劲千里迢迢赶回家见到的只是慈母的骨灰盒，而他买给慈母的绿鹦鹉也不知去向，空留一只鸟笼挂在阳台上晃荡。

刘思劲决定在老宅多住几天，缅怀慈母养育的恩情，弥补自己未能给母亲送终的歉疚。

刘思劲在老宅的小居室就寝。床前的五斗柜上摆着慈母的遗像，在望着儿子微笑。刘思劲解衣上床，连日来旅途的劳顿，使得他的眼睑下垂。睡意袭来，便渐渐进入梦乡。在梦中，他见到慈祥的老母在灯下为他缝缀西服上掉落的一颗纽扣，他欣喜万分地走近慈母，慈母却转瞬不见了，耳际却有慈母的声音萦绕："孩儿，妈妈好想你。"他一激灵，惊醒过来，耳畔又传来一声问候："孩子，你好啊。"他揿亮灯，四下里张望，不见有什么人影。他以为是自己思母心切而产生幻觉。

他复睡着了，又有了梦。梦中，他再次见到慈母的笑影，他刚要走近，慈母又转瞬消逝，他再次惊醒过来。又有声音传来："孩子，妈妈好想你。"他披衣下床在屋里踱步，踱至客厅，那呼唤他的声音越来越清晰。

"孩子，你好啊。"声音是从阳台那边发出的。他的心紧缩起来，悄悄走去。借着明亮月光，他看见阳台上栖着一只鸟——绿鹦鹉。绿鹦鹉又张嘴说话："孩子，妈妈好想你。"

刘思劲的眼圈湿了。那鹦鹉并不怯人。它明显消瘦了，羽毛也很零乱。它又叫道："孩子，你要常回家看看，妈妈好想你……"

刘思劲号啕，泪滂沱。事后，他了解到，慈母在临终前，把绿鹦鹉放了生，想不到，这只通灵性的绿鹦鹉夜夜飞返刘宅，转达刘母生前对儿子的思念。

心酸的声音 ◎ 汝荣兴

读这篇作品的过程，犹如听那首《常回家看看》的歌的过程。当然，这是一篇比那首《常回家看看》更具有典型意义、因而也就更感人肺腑的作品。是的，那只"通灵性的绿鹦鹉"给刘思劲所传达的那种母亲生前对他的思念，是那样的让人禁不住"泪滂沱"啊！不用说，就艺术特色而言，这篇作品的最独具匠心和最值得称道处，便是那种以物写人的写法，特别是在作品的后半部分，母亲明明已经不在了，可母亲那"孩子，妈妈好想你"的声音，却借那只绿鹦鹉的嘴时时处处萦绕在儿子的耳际，读来实在是令人欷歔感怀。

我想女儿肯定也会觉得，家里有这样一位“暴父”，真是件很幸福的事情。

家有“暴父”

张志锋

班里有一个韩国留学生李瑛，她为了学到地道的汉语，常和我们一起聊天。她每次都会说到“暴君一样的父亲”，并简称为“暴父”。第一次听她说爸爸时，我还以为她爸爸是个“暴发户”，待明白后，笑得肚子直疼。

为什么她说爸爸像个暴君呢？李瑛的父亲是个军人，毕业于韩国有名的国防大学，而一切的一切都是从爸爸所受的军校教育开始的。

每天吃饭时，爸爸会正襟危坐；用筷子夹菜时，他要在空中画一个90度的角，才肯将菜送进口中，而且要求他们姊妹三个也这样“比划”着吃。一看到他们对可口的食物狼吞虎咽，爸爸就会一脸不悦，训他们没有吃相，太馋！别人会笑话他这个军人的孩子，因为李氏在历史上是“贵族”，不允许有这种吃相的后代。于是，大家吃饭时全画直角。但到了中国后，李瑛就化直角为平角，但还是比较“淑女”的。元旦聚餐时，大家在“斯文”的同时，极尽风卷残云之能事，“蔚为壮观”。等到买单时，我们发现李瑛好像根本没动筷子，而且惊讶地看着我们，她说：“你们吃饭好像比赛。”

李瑛的爸爸每天晚上11点准时“熄灯”休息，次日3点就起床（8点多才上班),然后整理自己的房间,然后就来喊李瑛起床。因为每天睡得太晚,3 点就起床简直是要命。爸爸有办法,先是口头通知,没动静,就把李瑛卧室的窗户打开,“外面吹来凉爽的风”,是为“低温催醒法”;还不起来,爸爸就要“气急败坏”地使用杀手锏了:掀被子。这一招往往奏效,一吓唬她就爬起来了。

最可怕的是接爸爸的电话,如果家里有人,电话响了三声还没接,那么接了以后,电话中就爆发“大战”,回到家后,还要“兴师问罪”。每当遇上这种情况,他们都会提前躲到外边,等爸爸气消了,他们才敢回家。

他们全家经常出去爬山。爸爸规定时间,必须爬到某个地方,实际上经常就他一人按时完成任务,别人都累得够呛。这时爸爸就会说:“你们都年轻,我这么大年纪了,还不如我。”这时,李瑛还有她的弟弟、妹妹都会感到没面子。

她爸爸也有很温柔的时候,特别是对弟弟和妹妹,他经常和蔼地把弟弟揽在怀里,像欣赏宝物一样捧着弟弟的脸说:“孩子,你太可爱了!”对妹妹也经常这样,但很少对李瑛这么“亲密”。

后来,李瑛来到中国学习,半年回家一次,爸爸会经常给她打电话,失去了往日的“生猛”,每每流露出思念之情。后来,李瑛从妈妈那里知道,她是老大,爸爸一直把她当成男孩子看,对她要求近乎苛刻,只是希望她能非常坚强,像个军人的孩子,而非女儿,这样才能经受生活的风风雨雨。知道这些后,身高 1.70 米、体重也相当可以的她落泪了,其实,她像所有的女孩一样——爱哭。

从那以后,她爱“暴父”了。

为有这样的“暴父”而幸福 ◎安 勇

这篇小说里的父亲是位合格的军人,不仅按军人的标准要求自己的言行,而且在子女的教育上,也处处显示了一个军人的气质,甚至有些半

军事化。吃饭、起床、接电话、爬山，都严格得甚至有些苛刻。由此，女儿才戏称父亲是位“暴父”。但当女儿到异国读书后，当她从妈妈口中知道了这位“暴父”对她的期待和良苦用心后，女儿终于从父亲冷酷的外表下，看到父亲如水的柔情。而且父亲多年来的严格要求，也在女儿身上卓有成效。女儿的举手投足之间，都有着与众不同的风范。我想女儿肯定也会觉得，家里有这样一位“暴父”，真是件很幸福的事情。

或许是父亲有太多的苦闷却无处诉说，或许是父亲多年来在生活的无奈面前形成了习惯。我们看到了一位把自己隐藏起来的父亲。

躲在信纸背后的父亲

衣向东

我的父亲是一名中学校长，直到今天，我不知道该怎么来评价我的父亲。从我记事的时候，他在我心目中就是一个典型的“酒鬼”形象，并且由于种种原因，他在我母亲以及我们村干部和生产队长面前，总是那么卑琐。因此在我 8 岁的那年春节，当父亲又一次喝得烂醉地躺在大街上的雪地里的时候，我自己心口便对父亲埋下了仇恨的种子——是仇恨。

也就是从我 8 岁的那年，我不再叫他父亲，心中叫他“酒鬼”。

1982 年底，我偷偷去参加了征兵体检，直到顺利过关后，父亲和母亲才知道了。母亲说，当兵有啥好的？咱们村当兵回来的几个，不会种地，连家乡话都不会说了。父亲说，也不是都这样，还是有出息的人多。

母亲说，责任制后，咱家需要帮手，他走了，地里的活儿谁干？父亲把目光投到我身上，很仔细地看看我，他很少这样打量我。他有些惊讶地说，真快，有我高了，一眨眼的工夫。在他眼里，我似乎是一夜间长大了。

父亲说，小鸟总要出窝的，让他走，出去锻炼锻炼，一个人一辈子不能待在一个地方。

去县城武装部集中的那天，因为没有交通工具，母亲只把我送到村外，由父亲陪着我步行去县城。我们走的小路，在山谷和山背之间穿行。秋后的山间很静，有成群的麻雀从我们头顶飞过，消隐在收割后的庄稼地里。曾经丰实饱满的山坡，已经显得空旷起来，农人们把大片的庄稼收割回家，田野里遗留着那些没有成熟或者籽粒干瘪的庄稼，一株两株地聚在一起，在微风中孤独地摇动身子。偶尔也会看到几个在田地里劳作的人，点缀在远处一片秋色里，使枯黄的山坡灵动起来。

我和父亲默然走着，我们都想说点什么，可都不知道应该说什么，只有默默地走路。父亲知道因为他喝酒，我心里记恨着他，但是父亲无法去触动这个话题。他走在我的前面，遇到险峻的路，或是一条河流，他就站住了，在一边等候着我，并微微地展开双臂，作出随时扶我一把的样子，仔细地看我走过去后，他才又放开步子走。

斑斓的秋色一片片展现在眼前，两个一样高低的男人沉默地从上面走过。

一路上，我一直在琢磨从县城上车的时候，怎样叫父亲一声“爸爸”。我想我应该在离开家的时候叫他一声。

但是，真正到了上车的时候，我却怎么也叫不出来，“爸爸”这个称呼我很久没有使用了，感觉是那样生涩，那样沉重！我听到身边的人都在呼喊着他们的父母，我也看到父亲举着手朝我摆动，似乎在等待着我的呼喊，但是我就是喊不出来。

这时候，挂在树上的大喇叭突然响了，播送《送战友》的歌曲，父亲的泪水一下子涌出来，他抹了一把泪水，朝着开动的车子招手，大声说，到了北京，来信，来信呀……

到了部队后，我给父亲写第一封信的开头，非常认真地写下“爸爸”两个字。半年之后，我就称呼他“亲爱的爸爸”了，因为这半年，我在异地他乡，在艰苦的兵营，就是靠着父亲的来信，战胜了难以想象的困难，打发了许多孤寂的时光。读父亲的信，也是我阅读父亲的过程，我读到了他的内心世界，读到了他飞扬的文采，读到了他人生的哲学。

我用一个渐渐成熟了的男人的眼光，重新审视父亲，回想父亲在那些艰难岁月里的苦闷和自我麻醉的状态。

我和父亲通了两年的信，觉得和父亲的情感已经非常融洽了，因此第一次探家前，我做了精心的准备，要和父亲面对面地交流一次。

然而，真正见到父亲后，我却发现父亲总是躲避着我，眼神畏缩而慌乱。我跟他说话的时候，他就像是听领导的讲话那样毕恭毕敬，他跟我说话的样子，是那样小心谨慎，仿佛站在他眼前的不是他的儿子，而是远方来的尊贵的客人，是他的上级或者直接左右他利益的长者。面对着惶恐地站在我面前的父亲，我还能说些什么？

就这样，我把想和父亲交流的一肚子话，又带回了部队，仍旧用写信的方式和父亲进行真诚的对话。

虽然父亲在和我的通信中，把他的情感表达得淋漓尽致，但是直到今天，当他站在我面前的时候，眼神仍旧是那样谨慎而慌乱，只要我们面对面，就似乎没有任何话可说。看来父亲这一生，不会从信纸的背后走出来了。

敞开心扉的爱 ◎安　勇

或许是父亲有太多的苦闷却无处诉说，或许是父亲多年来在生活的无奈面前形成了习惯。我们看到了一位把自己隐藏起来的父亲。他唯唯诺诺、小心谨慎，甚至还借酒浇愁、在权势面前表现得很卑琐。但就是这样一位父亲，当儿子离家在外时，通过信件的方式，向儿子敞开了自己的心扉，也让儿子了解了自己父亲隐藏起来的真实世界。此时，父亲和儿子之间的交流，更像是一对知心朋友间的交往。他们彼此毫无芥蒂，尽情倾诉着自己的苦恼，诉说着自己的志向。我想，有些事情本不必面对面去诉说的，把一种理解和相知放在书信里，让父子间的这种交流在信纸的背后悄悄进行，也是让人欣慰和高兴的事啊！

"妈就是砸锅卖铁、沿街乞讨也要供你们！"除了天底下的母亲，还有谁能说出这般掷地有声、足够让人热泪盈眶的话来？

一个都不舍得

尚美姣

"慧芬，丽丽电话。"邻居隔着院墙喊慧芬。

丽丽是慧芬的女儿，在省城的一所专科学校学习电脑专业，还有几个月就毕业了。慧芬真怕去接电话，心情顿时沉重起来，手一抖，差点把碗里的面条撒在地上。

从邻居家回来，丈夫还坐在床边喝着面条，慧芬却再也没心思把剩下的半碗清汤面喝进肚里。丽丽急需 300 元钱！这件事石头一样压在慧

芬心上，去哪儿借呢？

邻居刚才不阴不阳的几句话像刺猬扎得慧芬浑身不舒服：

“慧芬，不是我说你，丽丽一个女孩家学什么电脑？这两年要是跟着俺家小玲去广州打工看能挣多少钱？你也不用作恁多难，欠恁多债。撑不住就别让她念了，看俺小玲前几天又给我寄了 1000 块钱。”

丽丽初中毕业没考上高中，让丽丽上学是慧芬自己的决定。因为还有两个儿子上初中，便遭到了丈夫的强烈反对。慧芬不想让女儿重复自己的生活，坚持让丽丽自费上学。那时候，丈夫是身强力壮的泥瓦工，农闲的时候就去工地干活，日子虽紧点但还能过得去。去年冬天，丈夫从脚手架上滑落，腰椎骨折，瘫痪在床，不但不能干活挣钱，看病还落下一堆的债。

丈夫心疼地看着几个月便苍老几岁的妻子说：“让她回来帮你吧！咱已经争不起气了！”要说慧芬没有过让女儿回来的想法是假的，刚刚对着电话她真想说：“丽丽，妈真供不起你了！”可话到嘴边的时候，女儿说：“妈，电话费很贵，我挂了。”

权衡再三，慧芬还是不甘心让眼看就要毕业的女儿失学。她决定卖三编织袋玉米给女儿寄钱。

从邮局回来，天下起雨。虽然已经是春天，下雨的时候屋里还是有点儿阴冷。丈夫的腰又开始疼痛，慧芬用剩下的钱冒雨去给丈夫买药。

雨水冲洗着慧芬撑着的伞，伞下的慧芬用泪水给自己洗脸。一个决定忽然在慧芬心中产生，她要学电视里的那位母亲用抽稻草的方法来放弃两个儿子中的一个。跟那位母亲不同的是，她用麦秆不用稻草，她要把麦秆握在手心不放在席子下。

天黑了，两个儿子骑着一辆自行车回到家。慧芬特意炒了两个菜。平常的时候，他们大都是吃自己晒的豆瓣酱或者咸菜，很少炒热菜。学校离家远，两个儿子中午不回家，慧芬两口子一般都是吃清汤面条。

小儿子问：“妈，今天咋做恁多好吃的？”

“今天下雨，没去地里干活，有空。也该给你们爷儿仨改善生活了。”

慧芬给丈夫拨一小盘菜端进里屋，顺便把准备好的麦秆藏在手心，然后坐在两个儿子中间，看看这个，看看那个，掐哪只手哪只疼。为了不影响孩子们吃饭，慧芬决定等儿子们吃饱再说。

儿子并不知道这顿饭要改变自己一生的命运，两个人狼吞虎咽地吃了起来。

小儿子看慧芬不动筷子，问：“妈，你咋不吃？”

“我跟你爸一块吃。你俩多吃点。”

大儿子看慧芬的脸色有点不正常，问：“妈，你怎么了？脸色这么难看。”

慧芬有种做贼的感觉，心扑通扑通跳，忙站起来：“没事，没事，穿少了有点冷。”

麦秆在手心里握出了汗，慧芬还是没勇气把头露出来，更没有勇气把话说出来。

饭吃完了，小儿子主动帮妈妈洗碗刷锅。大儿子今天很高兴：“妈，模拟考试的成绩今天出来了，我是年级第一，老师说，考重点没问题。”

小儿子也调皮地跟着哥哥说：“妈，我向哥哥学习，下回也弄个第一，给您长长脸！

慧芬握麦秆的手像是被马蜂蜇了一下，手一颤，两根麦秆随之滑脱。慧芬为自己生出这样的决定惭愧极了。

她看看儿子，长出一口气：“只要你们能考上大学，妈就是砸锅卖铁、沿街乞讨也要供你们！”

负重的母爱 ◎ 汝荣兴

“妈就是砸锅卖铁、沿街乞讨也要供你们！”除了天底下的母亲，还有谁能说出这般掷地有声、足够让人热泪盈眶的话来？也许，从故事的角度

去看，这篇作品显得有些平淡，但绝不平淡的是母亲的那颗心——那颗面对着艰辛的生活丝毫也不减对儿女的爱的心，那颗为了自己的儿女甘愿去含辛茹苦的心。当然，母亲的这颗心也曾经历过犹豫，甚至也曾有过要"用抽稻草的方法来放弃两个儿子中的一个"的打算，而这，无疑更使母亲的形象有了一种真实的质感。

如果我们在生活中都能看到别人的优点，试着对他人说一句"你很重要"，那么这个世界一定会变得更加美好，更加温馨。

你很重要

[美]海里斯·布里奇斯

这个故事发生在纽约。

一位中学老师按照顺序把每个学生都叫到讲台前，然后告诉大家这位同学对整个班级和对她本人的重要性。她还发给每个学生一条蓝色缎带，上面写着四个金色的字："你很重要。"

然后，那位老师又发给每个学生三条缎带和别针，让他们按照她在课堂上赞赏褒扬他们所使用的这种方式，把缎带赠送给他们认为值得感谢和尊敬的人。然后跟踪观察所产生的结果，一个星期后再回到班级向她报告。

班上有一个男孩子来到邻近的公司，找到一位曾经帮助他做过人生设计的年轻主管。这个男孩子将一条蓝色的缎带用别针别在了主管的衬衫上，并且把另外的两条缎带和别针也给了他，并且向他解释说："把蓝色缎带送给你值得感谢和尊敬的人，再把多余的缎带和别针也给他，让他也能以此向值得他感谢和尊敬的人表达谢意。下次请您告诉我，我们这种表达方式的效果如何。"

几天之后，这位年轻的主管来到他的上司那里。他的上司是个容易发怒、不易相处的同事，但却极富才华。他向上司表示他仰慕他的创造性天赋。上司听了十分惊讶。接下来，他郑重地将缎带别在了上司的外套的左上方，并把剩下的一条缎带和别针送给了他，然后问道："您能否帮我个忙？把这条缎带也送给您认为值得您感谢的人。这是一个男孩子送给我的，我们想让这个表达感谢的方式延续下去，最后要看看这样究竟会产生什么样的效果。"

那天晚上，上司回到家中，坐在他 14 岁的儿子身旁，轻轻地抚摸着他的头，温和地说："儿子，今天我遇到了一件不可思议的事。在办公室里，有一个年轻的同事告诉我，他十分仰慕我的创造性天赋，还送给我一条蓝色缎带。想想看，他认为我的创造性天赋如此值得尊敬，甚至将印有'你很重要'的缎带别在我的外套上，而且还多送我一条缎带和一枚别针，让我也能够送给值得自己感谢和尊敬的人。今天晚上，在下班回家的路上，我就开始琢磨要把缎带和别针送给谁呢？我一下子就想到了你，儿子，你就是我要感谢的人。因为，这些天来，我回到家里都没有花很多精力和时间来照顾你、陪你，而且，有时还会因为你的学习成绩不太好、房间又脏又乱而对你大吼大叫。真的很对不起你。可是，今晚不同了，今晚我只想坐在这儿，让你知道你对我有多重要，除了你妈妈之外，你就是我生命中最重要的人了。你是一个好孩子，我爱你。"

他的儿子感到非常震惊，注视着父亲的两只大眼睛里闪烁着泪光，他的嘴唇也开始颤抖。最后，他情难自禁，终于"呜呜呜"地哭将起来，身体也随着颤抖不已。他泪眼婆娑地看着父亲，哽咽着说："爸爸……我本想明天去……去自杀的，我……我以为你根本就……就不爱我。现在……现在……我想已经没有那个必要了。"

我们都很重要 ◎安 勇

几条并不贵重的蓝绶带，几场一点也不庄重的授予仪式。在像链条一样传递的过程中，竟然产生了意想不到的效果，它让一个普通的职员信心倍增，让一位不苟言笑的上司心绪难平，更富于戏剧性的是，它还让一个打算轻生的孩子敞开了心扉，放弃了自杀的念头。这看似不可能的事情，就这样真实地在几个人之间发生了。因为我们别忘了，和绶带一起送给对方的还有一句让人难忘的话：“你很重要。”它是一个人对另一个人的承认和肯定，像催化剂一样，在一瞬间激发出接受者内心中一种自我认可的自信。当然，它还是一只友谊和爱的手，带着理解、信任和爱，伸给了别人。如果我们在生活中都能看到别人的优点，试着对他人说一句“你很重要”，那么这个世界一定会变得更加美好，更加温馨。

父亲终于找到了跳入滚滚洪水中的英雄儿子，此时父亲的心里充满了自豪，他坚信自己的儿子没有死，他正在洪水里抢险。

刘国芳

父亲眼力不好，父亲平常不大看电视，但长江出现汛情后，父亲开始看电视了。哥哥在部队，父亲不知道哥哥和他们的部队是不是也调往长江大堤了，父亲想在电视里看到哥哥，但父亲未能如愿，他没有看到。父亲有一天把我喊过去，父亲说："你说小刚在不在堤上？"

我说："在吧，哥哥和他的部队几天前就调往九江了。"

父亲说："那我在电视里怎么没有看到他呢？"

我笑了笑，跟父亲说："那里每个人都会被电视拍到呢？"

父亲想想也是，不再问了，只用心看电视。

这天父亲正看着电视，一行人走来，我认识他们中的两个，一个是村长，一个是镇长，其他的人，我就不认识了。父亲看见这么多人来，很紧张的样子。我跟父亲一样，也紧张。我猜想哥哥出了什么事了。果然，他们中的一个开口了，真是那回事。父亲呆了，一动不动坐那儿听他们说，听他们劝，听他们安慰。许久许久，父亲忽然开口了，父亲说："你们骗我，小刚不会死。"

回答父亲的，是一片抽泣声。

父亲第二天出门了，我问父亲去哪里，父亲说去找小刚呀。听到哥哥的名字，我眼睛又红了。我说你去哪里找哥哥，父亲说抚河边呀。我说哥哥不在抚河边。父亲说在，就在。说着，父亲固执地出门了。我当然不放心父亲，跟在父亲身后。河不远，就在村前，不一会儿就到河边，父亲来来回回地走着，找人的样子。是夏天，太热，我怕父亲中暑，便说爸爸回去吧，哥哥不在这里，你在这里找不到他。父亲说瞎说，谁说我找不到他，我记得小刚以前天天在抚河里游泳，你说是不是。我说不错，哥哥以前天天都在这里游泳。父亲说一次村里二丫跌进抚河里，是小刚把她救上来的，是不是。我点点头，我说哥哥岂止救了二丫，还救了狗娃、细崽。父亲说我到这里来找他，怎么会找不到呢。我又抽泣起来，我说："找得到。"

但父亲失望了，父亲哪里找得到哥哥呢。

又一天，父亲也出门了，我问父亲去哪里，父亲仍说去找小刚，但这

回父亲没去抚河边，而是往村后山上去。我跟着父亲，还说爸爸你去山上做什么呢。父亲说小刚在山上呀，我去山上找他。我说哥哥不在山上，哥哥怎么会在山上呢。父亲说谁说小刚不在山上，我记得他以前天天上山砍柴，你说是不是。我点点头，我说以前哥哥天天都上山砍柴。父亲说既然小刚天天都上山砍柴，我怎么找不到他呢。说着，我们走到一处山崖了，在那儿父亲要往下爬，我慌忙拉住父亲，我说爸爸你不能再往前走呀，前面是山崖，很危险。父亲说危险什么，我记得以前村里的杏花滚下了山崖，是小刚爬下去把她救上来的，是不是。我又点头，说是。父亲说既然是，我就要去下面找他。我说爸爸你不能去，我们在上面等他吧。父亲看看我，点点头，在那儿站着，等着哥哥。

但父亲失望了，父亲哪里等得到呢。

有几天父亲没去河边也没去山上，父亲只在村里转，一副找人的样子。有人问父亲找谁，父亲说找小刚。村里人听了，眼睛一红，村里人都知道小刚在抗洪时牺牲了，有人跟父亲说在村里找不到小刚，父亲说怎么找不到，我记得以前村里惊了一头牛，疯跑，就要踩着五毛时，小刚过去抓住牛角，推开牛，是不是。村里人说是。父亲说既然是，我就找得到小刚。村里人听了，不做声了。

晚上，父亲还是坐在电视前，父亲依然希望在电视里看到哥哥，为此，父亲每晚每晚都盯着电视一动不动。一天，父亲看见一个抗洪抢险的场面，堤上全是穿迷彩服的军人。父亲看着，突然眼睛一亮，然后叫了一声，父亲说："你看，那不是小刚吗？"

我侧头去看，但画面变了，我便说哪里呀，那不是哥哥。父亲瞪我一眼，父亲说："真的，那是小刚，我没看错，小刚跳进水里，在抢险哩！"

我眼里一片潮湿。

父亲第二天出去，精神明显好了，父亲见了村里人，跟人家说："我看见小刚了，在电视里，他跳进水里，在抢险哩。"

村里人听了，都流泪。

英雄儿子永远活在父亲心里 ◎安　勇

一位英雄在抗洪抢险中牺牲，他悲伤的父亲开始了无助的寻找。他当然不可能再找回活生生的儿子，但这位父亲却找到了儿子从一个普通人，一步步走向英雄时所留下的足迹。在抚河边，父亲找到了儿子当年抢救落水儿童时的身影；在悬崖前，父亲找到儿子当年抢救一位妇女的回忆；在村子里，父亲找到乡亲们对儿子的缅怀和悲思……沿着这条路，父亲终于找到了跳入滚滚洪水中的英雄儿子。此时父亲的心里充满了自豪，他坚信自己的儿子没有死，他正在洪水里抢险。是的，父亲说得没有错，他最后终于找到了自己的儿子。因为一位英雄虽然倒下了，但还会有许许多多的英雄站出来，他们都是这位英雄父亲的儿子，也是我们中华民族的好儿女。

要是我们在读罢作品后再去默默地读读这个标题，相信我们也是一定会“眼泪就扑簌簌地流下来”的。

你的孩子让我抱抱

宗利华

母亲到城里来，照看她的孙子。

孙子还不满两周岁，一脱手便跌跌撞撞做奔跑状。然而，不出几步，就会跌倒。跌倒，母亲并不去扶，母亲有她自己的处理方式。母亲说，自

己跌倒，要自己爬起来。我们兄妹几个，小的时候就一直接受这些理论。但我的儿子，母亲的孙子却并不配合，他哭起来，等奶奶去拉，否则，便趴在地上。

母亲对此非常自信，极有耐心。

于是，祖孙两个，在人行道边上对峙。就在这时候，那个女人出现了。

女人的目的很明确，这从她的视线就能看出来。她是冲我儿子来的。

女人眼窝很深，这样就显得像是睡眠不足。她瘦削的脸上挂着笑，那笑看上去非常灿烂。

她老远就张开了手，把我的儿子非常利落地拉起来，那个动作仿佛在一瞬间就完成了，甚至母亲还没来得及去阻拦。

女人把我的儿子揽在她怀里，腾出另一只手去拍打身上沾的土，嘴里说：好孩子，摔疼了吗？

母亲赶紧蹲下去，想把孙子接过来。因为，她看到孙子的眼睛直直地瞧着那女人，小嘴嘟着。母亲想，也许接下来，他就会哭了。他还太小，对陌生人还不那么认可。

可那女人似乎搂得更紧了些，依然笑着，说，我孙子也这么大了，也会跑了，一刻也闲不住，可调皮了，和他爸爸一样。他爸爸小的时候，就爬上爬下的，有一次，把刚长出来的牙都磕掉了一颗。

母亲笑着，应着说，男孩子嘛，不都顽皮吗？要老实安稳了，你还以为他病了呢。说着，伸手去抱孙子。女人伸了手，竟小心翼翼去抚摸儿子，母亲隐隐约约有点生气了，她是那样认为的，孙子是我的，你这般亲昵干什么呢？

女人却浑然不觉，继续说她的儿子，小时候他也长得这样，胖乎乎的，一笑，两酒窝……女人脸上簇成核桃状，移了腮去贴孩子的小脸。

母亲已经将笑收起来了。

她看到孙子的嘴撇了一撇，看来，他真要哭了。

母亲就伸了手，打算把孙子硬夺过来。

这时候，一个白发的老头子出现了，老头子显得很紧张，所以步子就很零乱。一边蹒跚着，一边喊，你怎么出来了？你怎么出来了？

母亲吃惊地看看他，再看看那个女人。

女人嘿的一声笑了，说老头子，你来看看，他像不像咱儿子小时候？

老头走过来，笑着说，像，真像！

一边说，一边将我儿子抱起来，顺手递给了我母亲，同时小声说：对不起，没吓着孩子吧？

母亲这时把孙子抱紧了，轻声地和他说着话，抬起头，却发现老头搀着那女人沿路走过去了。

母亲回家，就跟我讲这件怪事。母亲说，那个女人，怕是个疯子吧？

我正摘下帽子，解着警服上的扣子，慢慢就顿住了。

那女人看上去年纪很大吗？我问。

母亲点点头。

我就一下子沉默了，一个熟悉的影子执拗地出现在眼前。我告诉母亲，那个女人的儿子去年抗洪时离开了我们……

母亲看着我，老半天没说话。

很久以后的一天，母亲在道边上又瞧见了那女人，母亲赶紧让她的孙子喊奶奶。可是，那个女人似乎浑然不觉，眼直直地瞧着前方，走过去了。

母亲站在那里，瞧着那个背影，眼泪就扑簌簌地流下来。

母爱的牵系 ◎ 汝荣兴

用抱别人的孩子这样一个洋溢着生活气息的细节，去表现一位失去了儿子的母亲那种对儿子的深深的思念，这篇作品的构思既别具一格，又充满了一种感人的力度。这里，我们有必要去细细地品味一下作品的标题——那是一个祈使句，一个看似平常、读起来可能还有些拗口、事实上却是包含了那个"女人"的全部情感的祈使句。是的，要是我们在读罢作品后再去默默地读读这个标题，相信我们也是一定会"眼泪就扑簌簌地流下来"的。

古人说:“壁立千仞,无欲则刚。”只有少一些不必要的欲望,才能快快乐乐地做人,高高兴兴地生活。

人生三愿

赖建诚

我儿子在初级中学读书。

一次,老师布置了一道作业,要他们当记者采访自己的爸爸。

总共有六个问题,有一大半是资料性的:在哪里工作,负责哪一方面的事情,等等。其中的第五个问题是:爸爸的梦想是什么?怎么实现?

我说:“我有三个愿望。”

儿子认真地记下了这些话,然后抬头看着我。

“第一个愿望是吃得下饭。”

他愣了一下,很郑重地告诉我,这道作业的分数是其他作业分数的三倍,所以不能开玩笑。

我说你是记者,我怎么说你就怎么写,要是不相信就不要采访我。

他无奈地写下了这行字:第一个愿望是吃得下饭。

“第二个愿望是睡得着觉。”

这下儿子急了:“别的爸爸都是梦想当大官,发大财,出大名,你的梦想却这么可笑,连小孩子都不如!”

我又重复刚才的说法,不相信就不要采访我。

这时他妈妈从厨房走出来，她也认为，记者就是记录者，不能要求被采访者如何回答。

儿子只好又写上第二行字：第二个愿望是睡得着觉。然后，无精打采地说："说吧，第三个。"

"第三个愿望是笑得出来。"

儿子的脸顿时憋得通红，大声说："你是不是想让我在学校里出丑啊？别人的家长都在尽力帮助自己的孩子，你却存心害我！"

"这样吧，你把我的话记录下来之后，再写一篇《我眼中的爸爸》附在后面，让老师知道，老子的理想并不等于儿子的理想。"

儿子觉得有道理，很快地写了一篇《我眼中的爸爸》。

第二天，我问儿子老师怎么说。

他有点不好意思地告诉我："老师说，我的采访文章和作文都写得非常好，打了 98 分，全班最高，还在课堂上朗读了。"

"那她有没有说为什么？"

"她说她先生的工作最近很不顺利，别说笑了，他已经好多天睡不着觉，吃不下饭。她说你爸爸的三个愿望很有意思。"

"那你现在知道我不是害你了吧？"

他点了点头。可他还是不明白，为什么他的老师把《我眼中的爸爸》拿去参加作文比赛，还得到了入选奖，对于功课平平的他，这是一个奇迹。

希望他在人生的旅程中，比我更晚体会到：实现这三个愿望是最不容易的。

平凡愿望中的道理 ◎安 勇

在当"小记者"的儿子看来，父亲的三个愿望在人生这个大主题面前，平常得近乎渺小了。儿子肯定觉得，吃得下饭，睡得着觉，笑得出来，能算得上人生的愿望吗？其实，如果我们认真想一想，做到这三条其实非

常不容易，它首先要求我们要心底无私、坦荡做人。只有这样才能胸怀宽广、心无芥蒂，这样才能吃得下、睡得着、笑得出。它还要求我们对生活要少些欲求，古人说："壁立千仞，无欲则刚。"只有少一些不必要的欲望，才能快快乐乐地做人，高高兴兴地生活。想做到这三条，还要做到很多很多，比如道德上的完善，比如与人相处时的付出和吃亏……这三个平平常常的愿望里，蕴含着许多做人的道理，甚至能让人享用终生。

"我又不是偷，又不是拐，又不是骗，有什么不好看？全世界那么多人捡垃圾都让人笑话了？"

富翁老母捡垃圾

施　翼

伟明是县文化馆的文学专干，文化单位是清水衙门，工资待遇低，妻子的单位也处在风雨飘摇之中，他们已经无法养家糊口。为了生计，伟明毅然辞职下海，办起了一家文化有限公司，经销书刊和音像制品。因经营有方，生意火暴，不几年就腰缠百万，成了大县城的社会名流、商界翘楚。

伟明在县城购置了一套豪华别墅，把老母从乡下接了过来，他喜滋滋地说："娘，你操心操累了一辈子，现在该享享儿子的福了。"

老母在乡下勤恳惯了，一闲下来就不自在。她看见城里大街小巷有不少老人在拾垃圾，便也提了个编织袋，四处寻觅起来。她手脚利索，收获不少，每天都能从废品站拿回一二十元钱，有时走运，还能大大突破！老母乐得眉开眼笑，热情陡增，捡得更勤快了。

儿子看见，惊骇不已，慌忙劝阻："娘，你怎么能去捡垃圾呢？叫人看见，多难为情呀！"

老母头一昂，理直气壮："又不是偷，又不是抢，有什么难为情？"

儿子赶忙从身上掏出一沓百元大钞，双手递给老母："妈，你要钱用，尽管开口，儿子有的是钱，要多少给多少！"

"在你这儿，要吃有吃，要穿有穿，我要钱干啥哩？这钱我不要，你留着生意上周转吧！"老母伸手把钱挡了回去。

"那你就不要捡垃圾了。"

"我不做事心里闷得慌，我捡垃圾，四处走一走，心里舒坦。"

"捡垃圾太脏了！"

"大街上的垃圾，捡去了就干净，不捡才脏哩！"

儿子说服不了老母，委托亲友做工作，亲友们来到老人家身边。叫得甜甜的，先称赞老人家有福，前世修来的，生个儿子这么有钱，干这么大的事业！哄得老人家高兴了，他们才言归正传说："老人家，你就在家享享清福吧，不要去捡垃圾了，你儿子已经是个大老板，你捡垃圾他面子上不好看，让人笑话！"

老人的脸立时沉了下来，"我又不是偷，又不是拐，又不是骗，有什么不好看？全世界那么多人捡垃圾都让人笑话了？"

老人十分固执，任你怎样劝说都无济于事，亲友们摇着头走了。

老人家依然捡垃圾，一天又一天，风雨无阻。

城里有人得知富豪老母捡垃圾，都愤愤不平，私下议论："商人奸诈，爱财如命，连自己的老母都赶去捡垃圾。"伟明听到那些议论，心里冤，心里苦，却无法申辩，无法诉说。他在心里责怪老母太不懂事，让他担待不孝的骂名。

后来，书刊和音像制品生意竞争激烈，赚钱不易，伟明就改弦易

辙，办起了酱油厂和热水器厂。热水器厂是和别人合作生产，想不到上当，被骗去 100 万。伟明痛定思痛，便把整个身心倾注到酱油厂。他聘请了省科学院知名的酿造专家，购置了最先进的酿造设备，设计了最先进的工艺流程，产品出来，香浓味美，各项理化指标和卫生指标，均达到或超过了国家标准，是酱油中的上乘佳品。伟明为了消费者的健康，没有在酱油中添加色素，想不到竟因为色泽不深，再加上价格略高，消费者不识，都购买那价格低廉、用色素制作的假酱油，而伟明的真酱油却无人问津，大量积压，血本无归。因无力偿还银行贷款，伟明的所有资产全被封存、冻结、拍卖。一夜之间，一个遐迩闻名的百万富翁，变成了一文不名的穷光蛋。

痛苦、忧伤、彷徨了许多时日，伟明振作起来，决定重整旗鼓，东山再起。他知道，老婆管财务，已暗有蓄积，便动员她把钱拿出来，做启动资金。想不到她经受这一次沉重打击，已对丈夫完全失望，为了退路，她死活不肯把钱拿出来。两人的摩擦、裂痕越来越大，最后，她竟利用裙带关系，设计离婚。伟明万念俱灰，把剩下的一点东西全给了她。

伟明又试图向亲友借点本金，他说，我刚下海时 500 元起家，现在只要有几千元，我可以再次创造商业神话。亲友们见他一败涂地，怕承担风

险，都委婉拒绝了，伟明已到了山穷水尽的地步。

那天，他写下一份万言遗书，把药品备好，穿戴整齐，想最后看老母一眼，与老母诀别。当他来到老母身边，看到老母老态龙钟，白发苍苍，想到她就要承受那无情的打击和巨大的伤痛时，鼻子一酸，禁不住号啕大哭起来。老母马上看出了异样，悲从中来，抱着儿子，也放声大哭……

也不知过了多久，老母止住了哭，她站了起来，颤巍巍地走到床边，在枕下摸索着，搜出了一个布包，抖动着递给儿子，“孩子，这是娘捡垃圾攒下的，8000 块，你拿去做本吧，不够，娘再去捡！天无绝人之路，你要挺住，哪里跌倒，哪里爬起来！”

伟明又惊又喜又恍惚，仿佛在梦中，许久才回过神来。他接过老母的布包，斩钉截铁地说：“娘，遭此一劫，我不但学会了怎样做事，更学会了怎样做人。我将脚踏实地，从头再来，一定不会让您再次失望！”

伟明制定了一个周密的发展计划，以小谋大，稳扎稳打，一步一个台阶。5 年后，他又拥有千万资财，再次成为大县城首屈一指的大富豪。

恰逢老母 80 大寿，伟明破天荒举办了一次盛大的庆典。给老母拜了寿，伟明诚恳地说：“娘，你就不要去捡垃圾了吧。”老母心里高兴，笑吟吟地说：“你大难不死，必有后福！再说，娘也确实老了，手脚不灵便了，就听你的吧，不去捡了！”

“固执”的母爱 ◎ 汝荣兴

其实，捡垃圾的富翁老母最终不仅救了曾经是富翁的儿子伟明的命，还用她捡垃圾得来的钱资助儿子伟明东山再起再次成为大富豪，不过是这篇作品所讲述的一个表层故事。作品的令人难忘之处，在于紧扣住老母的“固执”，通过个性化的人物语言，同时辅以商场的艰险和伟明老婆的见利忘义，既自然又艺术地刻画出了老母勤恳、朴素又坚毅、乐观的性格特点，成功地塑造了一位平凡而又可敬的母亲形象。

纵使是丹青高手，也难以勾勒出父亲那坚挺的脊梁;即使是文学泰斗，也难以刻画尽父亲那不屈的精神!

Part Four

纸上的声音

往事追随着窗外的雨一滴一滴溅出记忆的水花，这个时候我真的好想再次让您扳起我的手指，算算我们父女独有的一加一数学式……

这位看似平常的父亲，其实是多么了不起呀，他把生活中所有的苦辣酸涩，都悄悄地咽进肚子里，给大家留下的总是一副微笑的面孔。

我的父亲

[美]利奥·罗塞顿

不久前我们埋葬了父亲。对父亲的回忆——他的每一次大笑，每一声叹息，每一个微笑——如难以预料的涓涓细流时时在我的脑海中流过。

父亲是个朴实无华的人，一点也不做作、虚伪，他纯真无邪，他的欲望极易满足，他从不强加于人。对流言飞语深恶痛绝。从不知道什么叫仇怨或妒忌。我很少听见父亲抱怨，也从未听过他亵渎别人的话。在过去的50多年里，我一次也未听他讲过低级下流或恶意的想法。

父亲最喜欢和我的母亲、妹妹还有我待在一起，他的大部分时间都在微笑中度过。他的满足能感染别人，和他在一起总是十分愉快的，因为他从不挑起事端。

父亲爱母亲，对她百依百顺，父亲总是毫不迟疑地相信自己很有福气，赢得了这样一个既美丽又聪明、既端庄又自尊的夫人。在他晚年时，父亲经常起早煮咖啡（他煮的咖啡味道好极了），然后边饮咖啡边读报纸，等着母亲来分享他的快乐。

我从未见过像父亲这样酷爱报纸的人，他读起报纸来小心谨慎，细细品味每一条新闻。对父亲来说，早报唤起每天生活的新鲜感，报纸是一个奇迹与愚行的戏台。

父亲是个天生的故事大王，热衷于让别人开怀大笑。他总是迫不及待地把他刚听到的最新笑话或故事讲给你听。我小的时候，父亲经常用可笑的故事和哑剧来吸引我的注意力。他或腮帮鼓鼓的，或眼睛滴溜溜转，或模仿一种走路姿势，每一次都在你面前展现一个活生生的人物。

父亲经常讲些可笑的怪话来逗我们发笑。他会兴高采烈地喊道："你们猜猜看，今天早上我遇见了谁？"

"谁？"

"邮递员呀。"

或者他举起食指，问道："你们知不知道伍德罗·威尔逊（美国第38届总统）为什么不能用这只手指写字？"

"不知道。为什么？"

"因为这是我的手指呀。"

这些故事听起来荒诞不经吗？你丝毫想象不到这些故事给了我多大的喜悦，因此我感到飘飘然，知道父亲在绞尽脑汁取悦于我，而在取悦一个小孩子的同时，父亲自己也找到了乐趣。

当我有了自己的孩子时，父亲就会给他们讲一些可笑的故事。"唉，"他叹道，"当我像你这么大的时候，我能把手一直举到这儿（他把手举过头顶），可是现在，我只能举到这儿（肩膀那么高）。"

我的孩子会皱起眉头，拧紧眉毛，想现在——过去——这是怎么回事呢。

"啊，是呀，"父亲常会这么说，以给孩子时间去识破他的骗术。"真扫兴。想想看，过去我能举那么高，而现在却不行了——"

这时候孩子尖声喊道："爷爷，看，你刚才还举那么高呢！"

"对呀。我过去能举那么高——"

"可是，爷爷你不正在举那么高吗？"

这时父亲会朗声大笑，骄傲地搂紧孩子或把他举得高高的，说："喔唷！你真机灵，爷爷骗不了你了。"

父亲经常故意这样可笑滑稽。到芝加哥定居不久，他到一家为外国人开办的夜校去。老师叫起他："你能说出一个名词来吗？"

"门。"父亲说。

"很好，再说一个名词。"

"另一扇门。"父亲回答。

我 11 岁时，父亲教我下棋。他喜欢这个游戏。六七个月后，当我第一次击败他时，他那股骄傲自豪劲简直难以想象，就像母鸡"咯咯咯"炫耀下蛋一样，父亲总是滔滔不绝地向朋友夸耀一番。

父亲是个充满希望的人，但从没有野心。我母亲是个永不满足、干劲充沛而且很有主意的女人。他们像一个队那样一起干活，母亲设计剪裁服装（做姑娘时她曾在一家纺织厂干过，心灵手巧），采办帽子、围巾等。父亲购买毛线机器，并自己开机编织。

时机成熟时，父母亲雇了几个帮手，开了一家自己的铺子，离家很远。父亲是店主兼制造商，母亲在柜台后接待顾客。他们两人都是积极热情的工会会员，这种从工人到"老板"的地位使我们颇不自在。我永远也忘不了父亲曾企图说服四个雇工组织工会——为争取高薪罢工！

若干年后，当我在大家里读经济学课时，总是忆起这荒谬的一

幕——老板力劝工人组织工会罢工，而处于被剥削地位的工人们，对自己的现状心满意足，却被他们异想天开的老板困惑住了。

父亲有许多朋友，但没有一个亲密的，因为父亲那么热爱家庭生活。他很敬佩别人具有他自己所不具有的一些优点：所受的教育，分析能力和创造力。他最崇尚直率的性格。他对别人最大的赞美就是："某人是个了不起的人物，了不起！"我想父亲的意思是"一个了不起的家伙"，但他只说"了不起"。

父亲爱海，在密执安、加利福尼亚和佛罗里达的海滩上度过了许多幸福的时光。他不会游泳，所以从来也未游进没膝的深度。年岁渐大时，他常常坐在海边，让海水拍打着他。看着父亲坐在海边，戴着帽子读报纸，就像一个在澡盆里嬉水的孩子，令人发笑。

丹尼·托马斯曾给我讲述他的父亲——一个健壮傲慢的黎巴嫩人——是如何死去的。老人家最后一次坐在床上，向天堂的方向晃了晃拳头，喊道："让死亡滚蛋吧！"

我的父亲没有像他那样死去。他遭受了一年心脏病、咳嗽、肺气肿的折磨，心衰力竭，在氧气帐中悄然离去。

有一次，在南港一家医院里，父亲抱怨说脸上有些痒痒。于是我把自己的电动剃须刀拿来。我给父亲刮脸时，他问道："你为什么专程大老远从纽约来密执安？"

"没有呀，"我撒谎说，"我碰巧在底特律开会。很幸运。"

"是有些幸运，"父亲叹道，然后笑了，"你是我有生以来请过的最昂贵的理发师。"

父亲出院时，已是憔悴难认了。走路时要用拐杖，靠我的搀扶。我想起了一句犹太谚语："父亲帮助儿子时，两个人都笑了；儿子帮助父亲时，两个人都哭了。"

但我们从未哭过，因为我一直滔滔不绝地谈论我的工作、我的妻子孩子、我的计划——这些都是父亲百听不厌的事情。我攒了一肚子听来

的新故事——这些可以转移父亲对自己日渐衰弱的躯体的注意力。我讲话时，父亲微笑着，装出一副痛苦很快就会消失，还有许多时间可以讲话，还有许多故事要讲的样子。

我最后一次见到父亲，是在芝加哥的一家医院里，他在氧气帐的罩子下，奄奄一息，昏睡着。我和妻子向他道别，但父亲没有听见。我给他一个飞吻，我想父亲是看不见的。可是他看见了。父亲点点头，做了一个满是皱纹的鬼脸——当他说“别为我担忧”或“别等我”时，总是做这样的鬼脸。然后他挣扎着将两只手指放到唇边，回报我一个飞吻。

父亲是一个可亲、善良而温和的人，我爱父亲。

父亲去世后，我常去游泳，每天都去。在水里你可以流泪痛哭，当你眼睛红红地出来时，人们会认为那是游泳的缘故。我现在是多么怀念父亲。和我在一起，父亲感到欢愉；和父亲在一起，我是多么轻松快活。

父亲活在我的脑海里是那么栩栩如生；他的音容笑貌时时涌入记忆中。这时我会听见自己在呼喊：“哦，爸爸，爸爸，你真了不起！”

永远微笑 ◎安　勇

这篇文章让我们看到了一位乐观幽默、对生活充满热情的父亲。他每天都在想着让孩子们快乐的主意，千方百计在家庭里、在自己的周围营造着欢声笑语。他给孩子们讲各种各样的笑话，甚至还劝说自己的雇员们组织罢工和自己对着干。他活得普普通通，没有开创出什么伟大的事业，只有一家不大的铺子。但他却让自己也让周围的人们过得无比快乐。即使是在生命的弥留之际，他还是能回报儿子飞吻，点点头，做一个鬼脸，默默地表示：“别为我担忧。”这位看似平常的父亲，其实是多么了不起呀，他把生活中所有的苦辣酸涩，都悄悄地咽进肚子里，给大家留下的总是一副微笑的面孔。我想，总是给别人带来快乐的人，应该就是个伟大的人吧！

这篇作品既让我们看到了母亲的无私和无畏，又让我们深深地体味到了母爱那种强大得无与伦比的生命力。

母 子 俩

宗利华

车祸！

母亲肯定眼睁睁看着另一辆车从一侧直撞过来！

因为，母亲做了一个天下所有母亲在那一瞬间都要做的动作，她把自己的身体弓起来，形成一个半圆。

那弧心里，是她一周岁的儿子。

她用自己的身体，来遮挡儿子根本不能意识到的危险。

撞击声。客车翻倒。车里的人成了饺子馅儿！

救护人员撬开了车门，把一个个活着的，或实际上已经死去的人，掏出来。

他们在掰开母亲的双手时，很费了一番气力。母亲已经昏迷不醒，但她的手却紧紧搂抱着儿子。婴儿的眼睛是瞪着的，那双眼睛奇大，眼珠儿漆黑。在打量每一个陌生人，似乎在问，这里究竟发生了什么事？

就近的一个女护士呆愣一下，眼里，有了泪花儿。

母亲的危险，是一眼就能看出的。经过检查，医生发现，在她的腹腔

内，有大量淤血。

她像是睡着，几乎没有呼吸地睡着。整整一天。

婴儿放置在她的身边。一开始，那孩子并没有哭，甚至还很坦然地睡。脚步飞快的医护人员，也似乎忽略了这个小家伙的存在。

他是以一声啼哭证明他的存在的。那声哭，夹杂着无限的委屈。

可是，大家依然没有太关注他——需要抢救的人太多。

婴儿的声音愈来愈高。他的嘴巴张得很大，很圆。两只小手紧攥着，四下挥舞。小脚蹬踏着，很有节奏和力度。

差不多整座医院里，都回响着这个婴儿的啼哭。岂止整座医院，似乎这座城市的上空，都盘旋起那尖锐凄厉的哭声。

首先，一个小护士伸出手，将他抱起。接着，他在一个又一个怀抱里，被轻轻地摇着。有医护人员，有病人，有前来探望病人的家属。每个人都想尽各种招数。有的唱歌，有的低声细语，有的脸上作出各种逗他笑的表情。甚至，有个女人猜想他许是饿了，想喂他奶吃。

结果，没有一种办法奏效。

他哭得酣畅淋漓。而且，感觉他的喉管随时都会崩裂。

母亲苍白着脸，紧闭着双眼，鼻孔里插着输氧管，吊瓶里的液体，一滴、一滴下落，沿着透明的管子，输入进她的血液。但主治医生已经断言，就她的伤情，根本不会再睁开眼睛。

哭声愈来愈烈。

先是一个护士惊讶地叫起来，她醒啦！

就近的人，都去看那个母亲。

母亲眼睛依然闭着，整个身体一动不动。

但是，母亲的眼角有泪珠滚下去！眼角周围的肌肉，索索地动了几下。

护士把孩子轻轻放到母亲身上。孩子的哭声开始减弱。孩子在寻找母亲的乳头。他终于找到了，含在嘴里，吸着。孩子的哭，戛然而止。停得有些突然，有点出人意料，停得四周突然一派寂静了。

母亲的眼泪也止住。母亲的嘴角悄然动了一下。

车祸发生后的第三天早上，母亲奇迹般地醒过来！

她开始以微弱的声音讲话。

医生试图从她嘴里获悉一些她家人的情况。那个母亲断断续续告诉医生，孩子已经没有了爸爸。她丈夫在一年前，去建筑工地打工，不慎从脚手架上跌落下来，摔死了。

房间里，几乎所有人都悄无声息地呆了一会儿。

那个一周岁的婴儿，此时，心满意足地躺在妈妈身边，大眼睛骨碌碌地转着，似乎对那个吊瓶产生浓厚兴趣。

小家伙突然伸出手，向那个吊瓶抓去。

尽管，心目中那个玩具距他很遥远。

但他笑了。

很开心地笑着。

唯有母爱才能创造奇迹 ◎ 汝荣兴

我们可能都会说作品中的那位母亲能醒过来真的是个奇迹。是的，这是一个奇迹，一个爱的奇迹，一个只有身为母亲的人才能创造的奇迹！事实上，和母亲在车祸发生的刹那间，会毫不犹疑地作出那个能成为永恒的动作一样，连医生都已断言“根本不会再睁开眼睛”的母亲，之所以会在儿子的哭声中醒过来，完全是母爱的力量使然。这篇作品既让我们看到了母亲的无私和无畏，又让我们深深地体味到了母爱那种强大得无与伦比的生命力。

此时的父亲心情肯定无比复杂，既有一位慈父的心痛，也有一种深深的自责和对儿子、对整个社会的愧疚。

父子仇

吴志彬

强是父亲唯一的亲人。

自从强高中休学，交上不三不四的朋友，父亲不再给他一分钱。但这次强相信父亲会救他，父亲开着全市最大的超市，有的是钱。

强进局子已不是第一次，可哪次都没有这次惨。案子是同二狗做下的，盗窃金额达 10 万元，3 个月不到就挥霍殆尽。二狗家里砸锅卖铁凑了 5 万。二狗态度好，是从犯，给保释了。

可父亲没来，只捎来他的愤怒。这小子该判，我不会为此花一分钱，就算没养这个儿子！

强被判了 12 年。强错误估计了父亲，否则，他不会那么横，拒不认罪。

强被押解那天，父亲来了。父亲脸色苍白，头发凌乱，风吹得他直晃。强两眼喷火，烧着父亲，要不是武警押住，他会扑向父亲。父亲嗫嚅半天，说出一句话：好好改造。

呸！强把一口唾沫吐在父亲脸上，转身上了囚车，父亲没动，任唾沫挂在脸上，看着远去的囚车，心碎成一片废墟。车里的强没有回头，紧紧咬住牙根……

监狱里的强没有一天不想到父亲。禁锢的牢房，冰冷的铁窗，像猛兽般撕咬着他的灵魂和理智，对于父亲的仇恨一天天剧增。他不得不主动挑最重的活儿干，把自己累成一摊烂泥才能入睡。他想好了复仇的计划，并决定一出狱就开始实施……

10年过去了，强因立功被提前释放。

强没有回家，而是去找二狗。二狗是他复仇计划的一部分。他要让那个老家伙一贫如洗、流落街头。

二狗3年前被枪毙了！强听到这个消息，像被雷劈中，汗水湿透了衣裳。他又去打听父亲的超市，也早关门了。

强推开了家门，屋子很暗，父亲面对门坐着，头也没抬，仿佛一切都在意料中。10年的时间，父亲老得没了人形。

父亲轻问：去过二狗家了？

嗯。强的鼻腔不顺畅。

父亲抬头：爸对不住你，爸本以为钱能带给你一切，所以只顾赚钱。爸知错已经晚了。但那一次爸没有做错，那是救你的唯一的办法……

儿子深深低下了头。

父亲又说，爸害了你也祸害了社会。我把钱全捐了，算是替你也替我自己赎罪。

爸！别说了。强哽咽道。

父亲接着说，这10年我替人打工，体会你在狱中的痛苦，也攒下一些血汗钱，就等你出来做个本钱，咱们重新……重新开始……

强已泣不成声，长跪不起。

用爱唤回儿子的良知 ◎安 勇

强的父亲在儿子一次次违法犯罪后，冷静地检讨了自己过去对儿子

教育上的错误。痛下决心，将儿子送进了监狱。作为深爱儿子的父亲，当然不愿眼睁睁看着儿子成为阶下囚。但父亲已经懂得了，只有接受法律的严惩，儿子才能彻底痛改前非，重新做人。此时的父亲心情肯定无比复杂，既有一位慈父的心痛，也有一种深深的自责和对儿子、对整个社会的愧疚。于是他作出一个决定，毅然捐出了他的全部资产，边打工体会儿子在狱中的处境，边等待着儿子走出监狱大门的那一天。强在了解事实真相看到同案犯二狗因为再次犯罪命丧黄泉时，终于明白了父亲的良苦用心，长跪在父亲面前，发誓重新做人。我想，此时父亲的心情一定无比欣慰，因为他终于用自己的爱，唤回了儿子的良知，把儿子引上了正路。

不管时代如何发展，也无论物质怎样丰富，我们最最需要也最最离不开的，唯有母亲，唯有母爱。

妈妈，谢谢你

[日]铃木康之

樱花凋谢了。到了藤花开放时，杜鹃花开放，彩子也还是无精打采的，变得越发忧郁了。她每天这样嘀咕着：

“薇子、佐月都考上了，只剩下我一个人。”

就在这时，一天早晨，彩子拿着报纸，一溜烟跑进厨房。

“妈妈，你看这药，一定要替我买啊。”

她摊开报纸的广告栏给母亲看。

“怎么回事啊？”母亲在广告栏上飞快地看着，“呃，SF 制药公司新推出了记忆力强化药——强记灵。”

立即买来一试，效果超群。英语单词和数学公式、世界史的人名和事件名等，像强力吸尘器一样被吸进了头脑，真正称得上是博闻强记。

“妈妈，效果实在是好啊!”

彩子的脸终于绽出笑容，她扮着鬼脸对母亲说道。

“那么，今天的模拟考试怎么样？”母亲担忧地问。

“那还用说吗？准是 100 分！”

“这下可好了。明年准能考上大学，可是……”

母亲脸上掠过不安的神情。

“可是，考生们都在服那药吧，这……”

教育当局为 SF 制药公司研制的新药已经伤透了脑筋，连续召开会议商量对策。

“怎样才能让 SF 制药公司停止销售？而且……”

官署的负责人也深感头痛。

“嗯，真不好办啊！那药我也喜欢吃。我不擅长数字，所以简直可以说是给我带来了福音啊。”

“还是重新出题吧。”

慢慢地到了正式考试。服用强记灵的考生们意气高昂地会集到考场里。教室内的沉默终于被打破。考生们翻开考卷的第一页。

“呃？”彩子傻眼了，如同跌落到无底的深渊里，考题的重点突然改变，是考考生们的高度判断力。

樱花又凋谢了——只好再努力一年。可是，彩子已经没有信心。

一年快要过了一半的时候，一天早晨，又来了许多报纸广告。

SF 制药公司又开发了判断力强化药——强感命。彩子眼睛发出光来，跑进厨房里，“妈妈，快来看这段报道！”

母亲正在沏早茶，她停下手，很惊讶：

“这回又说是判断力强化药……”

“快去买啊，有了那药，明天的考试肯定及格啊。”

强感命的效果是出类拔萃的。如果和强记灵合用，就是考T重点大学也不是梦想。在高考复习班里，待业的学生们兴奋地奔走相告。

“你也在服那药吗？效果特佳呢！”

“怎么？你也在服？真是大事不妙，看来那药的价钱还得涨！”

彩子的全国模拟考试成绩大幅度上升，同时人也变得温文尔雅，越发出众了，总之，性格也变得执著了。

母亲见女儿如此玩儿命，心中万分担心，半夜沏好咖啡替她送去。这已是母亲每天必不可少的“功课”。母亲终于忍耐不住，眼泪“扑”一下滴进了杯子里。溶着母亲眼泪的咖啡，每天晚上一到12点，便送进彩子的房间。

正式考试终于来临了。会集在考场教室里的考生们表情各异，有的充满自信，有的坐立不安，有的眉头紧锁，有的满脸尴尬……

考试开始前20分钟，教室里笼罩着紧张的气氛，监考官开始讲解考场规则和注意事项。

“开始！”桌上骤然响起翻阅考卷的声音。

“糟了！”彩子的脸色瞬间变得苍白。不可思议的是，解题特别顺手，简直毫无停顿，甚至还有能得满分的自信。

彩子一回到家里，母亲便迫不及待地问：“考得怎么样？”

“今天碰到的都是怪题，什么强记灵、强感命，全都没有用啊！考题全都没有猜中。嘿！那考题呀……怎么说呢，都是感情性的考题吧。”

母亲沏着咖啡，眼泪一下子从母亲的眼眶滴落到杯子里。彩子抿了一口咖啡，微微地笑着。

“妈妈，谢谢了。”

爱是生命之源 ◎ 汝荣兴

为什么“强记灵”也好，“强感命”也罢，都没有在彩子的考试中真正发挥作用呢？那仅仅是因为考题的改变么？又为什么彩子在做那些“感情性的考题”时，能“特别顺手，简直毫无停顿，甚至还有能得满分的自信”呢？答案全在那杯“溶着母亲的眼泪的咖啡”中——只有那种深深的母爱才是我们智慧的源泉啊！这篇作品在告诉我们：不管时代如何发展，也无论物质怎样丰富，我们最最需要也最最离不开的，唯有母亲，唯有母爱。

从前一幅画面里，我们能轻易看到父子之间那种温馨的亲情，他们在路上唱戏、去庙里看画，每一件小事都浸满了让人回味的柔情。

父子之间的怯意

韩　羽

我怕我父亲，他打我是真打。看着他瞪圆了眼，一步一步逼近，我不敢躲，绷紧了肌肉等着，于是父亲一巴掌扇了过来，于是我脑袋“嗡”的一声……

有时却是另一副样子，比如去下地，他在前边头也不回地说：“唱一个我听听。”我在后边就模仿戏台上的花脸“呜呜哇哇”地唱起来。他说：

“瞎胡唱，别唱了。”我说：“你唱一个。”他唱起来：“我不该，咳咳咳咳，老王爷，咳咳咳咳……”也是随唱随编，瞎胡唱，越唱越带劲儿。

我家有个大宜兴壶，下地回来，泡上壶茶，父亲喝高兴了，还逼着我们喝。说“逼”，是因为我们喜欢喝凉水，不喜欢喝茶。“过来，喝！多清香，又解暑，你喝不喝？想挨揍啊！”

我们俩常常一起去看庙。“看庙”二字，说句文词，是父亲“杜撰”的。看庙就是去看庙里的壁画，是让我开阔眼界，是培养我画画的一种方式，这很有点像现在的参观美术展览馆或画廊。我父亲本是老农民，竟与文人想到了一起。

吃过早饭，父亲将粪筐往肩上一背，抄起粪叉说：“走，看庙去。”母亲说：“今儿不拉土了？”父亲说：“回来再说。”我们就在这“回来再说”的空当里看了许多庙。庙有大有小，有远有近。近则三五里，远则十几里。一去一回就是几十里。全堂邑县境内的庙我们几乎都看遍了。

父亲对庙里壁画还加以评论。他指着《八仙过海》的海水说：“你看这水，涟涟地像是在颤动。”又用手摸着墙说：“这墙是平的，你再远看，不是坑坑洼洼地凸起来了吗？”父亲惊奇了，我也惊奇。其实现在看来，稀松得很，无非是靠了反复重叠的弧形线条引起的错觉。父亲最佩服的是《八破图》，破扇子、破信封、破书本、破眼镜盒……他像在集市上买粮食时将粮食粒拈来拈去还嚼一嚼那样仔细，猫着腰将那画上的破信封的一角又摸又抠，远瞧瞧，近瞅瞅，长叹一口气说：“像真烧焦了一样。”他一指点，我也惊叹起来。最后，总是照例的一句话：“使劲看，好好记住。”

我 12 岁那年考上初中，学校在聊城，离家 15 公里多。过了正月十

五，要开学了。吃过早饭上路，父亲背上粪筐跟我走了出来，虽没说话，我知道他是送我。一直走出 10 公里开外看见聊城古楼了，他说："快到了，你走吧。"这时旷野无人，唯有寒风积雪，一抹虚白的阳光和远处村落里的几声鸡啼。望着逐渐远去的、背着粪筐的父亲的身影，我只想返身向他追去。

再以后，我参加了工作，按家乡人的看法，凡是吃公家饭的就是"干部"。我很少回家了，一晃就是十几年，大约是 1960 年，父亲到天津看我来了。我说："今儿咱们上街吃一顿狗不理包子，再领你去看美术展览。"他问什么是美术展览，我觉着一两句话也说不清，我提起以前的事："我小时你不是常领我去看庙吗？和看庙差不多。"

刚走过劝业场，我一回头，见他正弯着腰从地上捡烟头，我嚷了一声："扔了！你也不嫌脏。"他赶紧扔了烟头，眼神带有惶惑和惧意。这眼神使我凄然，是什么使父亲对我有了怯意？我反而愿意再看到小时候父亲扇我巴掌时那瞪圆了的眼。

父子的怯意 ◎安　勇

这篇小说让我们看到的是两幅对比鲜明的画面，一幅是"我"儿时跟在父亲后面、在父亲威严下的怯意，另一幅是"我"从农村来到城市参加工作，当上"干部"后，父亲在"我"面前的怯意。从前一幅画面里，我们能轻易看到父子之间那种温馨的亲情，他们在路上唱戏、去庙里看画，每一件小事都浸满了让人回味的柔情。但后一幅画面里，这种亲情已经变得很淡了，甚至父亲还对自己的儿子产生了怯意。同样一对父子，为什么时隔多年后会有这样的变化呢？我想，父子间怯意的转换首先是一种城乡之间的差别，接着还是一种地位上的悬殊。尤其是后一点，让人无比心酸。读到父亲惧怕的眼神时，我仿佛看见了《故乡》里闰土的身影，在我眼前一晃而过，和父亲的形象叠加在一起。

他的耳朵虽然听不到声音了，但一颗父亲的心仍然为远方的儿子担忧、惦念、欣喜和快乐着。

纸上的声音

古　溪

不知怎的，最近隔三差五就能收到父亲的来信，而结尾总忘不了提醒我尽快回信。而恰好，这段时间，忙工作、忙考试、忙花前月下，给家里去电话，说：我会多打电话回来，信会写得少些。电话那头，一阵少许的沉默后，母亲缓缓地说："平儿呀，你爸现在也没啥爱好，就盼着看你写的信，你就多写写吧！"

父亲喜欢读我的信由来已久。大学时，每星期一篇 5000 字的信，雷打不动，以至于我后来走上文学创作这条路，很大程度上得益于四年中和父亲通的那近百万字的家信。

参加工作后，在网络、传真、电话早已普及的今天，笔端所流淌的温情远没有现代通讯工具来得这般迅捷、便利。信少了，和父亲的联系却加强了。有时，三更半夜还躺在被窝里和父亲拉话，一唠叨便忘记了时间。父亲说："儿呀，时间少了，工作忙了，没空写信，电话不能少！"

谁知，没多久，父亲开始反悔了。非要一封接一封给我来信了，还嘱咐我每两封信必回一封。父亲又恢复了原来的那种这边唱来那边和的通信方式，开始絮絮叨叨讲隔壁老凤婆家的那只芦花鸡抱了 12 只小鸡崽，因霜冻，昨晚死了 6 只。末了，还连打 6 个惊叹号，直呼可惜。

我笑着摇头，给父亲去电话。不料，他死活不肯与我通话。无奈，我只有拿起笔回信：北京动物园的黑熊，生了4只小熊，其中一只被一个没有素质的人泼了硫酸，却大难不死。写了一小半，我又忍不住给父亲拨电话，接电话的仍是母亲。我说，我想和父亲唠唠。母亲说："你父亲正给你写信呢！"我一听，急了："甭写了，我现在就想和他通电话！"母亲嘘着声，示意我轻点声，而后，母亲悄悄对我说："别嚷嚷，你父亲正写在兴头哩！"

我实在已经厌倦了这种落后的通讯方式，现在都是无纸化办公了，谁还耐烦拿笔写东西啊。我犹豫片刻，便拿起手机，再次给家里挂起了电话。电话那头，一阵短暂的沉默后，我听见了父亲沉重的呼吸声，良久，父亲重重地哀叹道："儿呀，有啥话就不能写在纸上吗？"

心烦意乱的我，一急之下把那封未写完的回信揉成一团扔进了垃圾筐。

几天后，我到离家不远的城市出差。出差结束后，我决定悄悄回家一趟，给父母一个意外的惊喜。

推开门，父亲戴着老花镜靠着窗台背对我看报纸。

"爸，我回来啦！"我兴奋地叫着。不料，父亲却毫无反应。

"爸，我回来啦！"我又提高了几个分贝，或许他读报太专心，没听到吧。

父亲还是没有听见。

心生纳闷的我正要走过去探个究竟，这时，母亲买菜回来。看到我，她惊讶得把手里的东西洒落了一地，失声叫了起来："平儿，你，你怎么回来啦？"

"妈，爸他怎么啦？"我心一沉，脱口问道。

母亲低下了头，平静地说："儿呀，别担心，医生说你父亲身体没啥异常，耳朵是因年龄关系突然失聪了。"

不等母亲说完，我一下蹿到父亲面前，父亲看到我，惊讶万分，浑身猛地一抖，老泪纵横地对我说："平儿呀，爸真想你，你为啥不给我回信？我每天盼着你纸上的声音呢！"

我顷刻全明白了，扑通跪在父亲跟前，呜咽着说："爸，以后我每天给你写一封信，让你天天能听到我的声音。"

纸上的声音 ◎安 勇

一位双耳失聪却分外牵挂离家在外孩子的老人，为了能经常了解儿子的生活状况，要求儿子不停地给他写信。他的耳朵虽然听不到声音了，但一颗父亲的心仍然为远方的儿子担忧、惦念、欣喜和快乐着。可在不明就里的儿子眼中，这种过时的通讯方式却让他感到无法理解。他一次次给父亲打电话，想和父亲在电话里交谈，甚至赌气不给父亲回信。而父亲为了不让儿子担心，隐瞒了自己的病情。只是一次次要求儿子寄信，当儿子终于知道事情的真相时，一下子明白了父亲的良苦用心，也深深为自己不给父亲回信而悔恨。他跪在父亲面前，流下了愧疚的眼泪。相信从此以后，父亲一定会经常"听"到儿子在纸上的声音，父子间的感情也会像过去一样，在纸上默默流淌，滋润父子二人的心田。

妈妈的眼睛是"世界上最漂亮最湛蓝最纯洁的眼睛"。

妈妈的眼睛

[俄]布洛宁

在世界射击锦标赛的现场，发生了有史以来从未有过的急死人的新鲜事：50米手枪慢射冠军普钦可夫失踪了！在即将颁奖的节骨眼上，刚刚打破世界纪录的普钦可夫，神不知鬼不觉地在众人的眼皮底下消失得无影无踪。

普钦可夫失踪得很不是时候，在恐怖、爆炸、劫持、绑架等字眼屡见报端的大背景下，他的失踪不禁使组委会头头脑脑的神经顿时紧张起来，他们一个个心跳加速血压升高。广播喇叭更是声声急字字催："普钦可夫，马上去领奖台！马上去领奖台，普钦可夫！"

实际上，普钦可夫安然无恙、毫发无损。此时此刻，他正躲在一个谁也发现不了的角落里与他的妈妈通电话："妈妈，妈妈，您看见了吗？您听见了吗？赢了，赢了，得了冠军，破了纪录！"

"看见了！听见了！电视机开着呢，评论员的声音大着呢。你听，你听，广播里正喊着你的名字，快，快！领奖去！"千里之外的妈妈柳莎无比高兴、无比激动，她的嘴巴大大地张着，双眼一动不动，一副喜极欲哭、欲哭无泪的样子。

"妈妈，妈妈，您知道吗？用妈妈的眼睛瞄准，靶心就像又大又圆又明的月亮，手枪的准星一动也不动的，子弹长了眼似的直往靶心钻。"普钦可夫热血沸腾、言犹未尽。这也难怪，对于一位双眼曾患恶性黑色毒瘤的人来说，能够逃脱无边黑暗的厄运，迎来鲜花如海光明灿烂的世界，这全赖妈妈柳莎的眼睛和医生巴甫琴科的妙手回春。

8 年前，10 岁的普钦可夫被确诊双眼患上恶性黑色毒瘤。几十所医院几百名大夫像串通好了似的，众口一词：做眼球摘除术！不然的话，快则三月、慢则半年……

命运如此残酷。天真活泼的儿童就得面对要么死亡要么黑暗的选择。这选择沉甸甸的，压得人透不过气来。普钦可夫直愣愣地望着母亲，用清纯而困顿的嗓音说："妈妈，书上说'光明无限好、世界很精彩'，我还没看够呢。书上说'生命是第一可宝贵的，对人只有一次而已'，我才刚刚起步呢。"

柳莎完全明白儿子的意思。是啊，光明与生命二者兼而有之是再好

不过了。可是，她非常清楚：感情战胜理智的结果是非常可怕的，她不能忘却丈夫的前车之鉴，她一字一顿地说："儿子，你爸爸的病与你的一模一样，他不听医生的，结果呢……"柳莎再也说不下去，她声音哽咽，眼泪在眼睛里打着旋儿。

柳莎与儿子当机立断：两害相较取其轻。

决定一经作出，柳莎变卖财物，仅仅两天的时间，她一股脑儿地把汽车、钻戒和满头金发换成了现金。她卖得那样的果断、那样的坚决，她要让儿子手术前去看中国的万里长城、埃及的金字塔、美国的大峡谷、法国的凯旋门……

母子俩一路欢笑，怎么看也看不够，怎么说也说不完。普钦可夫忘却疾病，完全沉浸在母爱的幸福里。

这样愉快的旅程却不得不在中国长城的烽火台上戛然而止，因为柳莎的随身听的声波有力地撞击她的耳膜：眼科专家巴甫琴科发明了视神经诱导接合剂，使移植眼球的梦想变成了现实，一只盲犬已重见天日。

柳莎母子分秒必争日夜兼程，次日中午就来到巴甫琴科面前，要求马上手术：把母亲的一只眼球移植给儿子。

巴甫琴科看见了柳莎的眼睛，那是一对世界上最漂亮最湛蓝最纯洁的眼睛。

"眼球移植还从来没有在人身上试验过。"巴甫琴科说。

"总得有第一个吃螃蟹的人。大夫，把我的一只眼球移植给我的儿子，我和儿子就都有一个光明的世界。大夫，平白无故多出一个光明的世界，合算，合算。求您了。"柳莎说。

尽管柳莎的眼球和普钦可夫的眼眶配合得天衣无缝，尽管巴甫琴科努力努力再

努力，人类史上第一次的眼球移植还是失败了，世界上徒添了两只义眼，一只在柳莎的眼里，另一只在普钦可夫的眼中。上帝就是这样，撒下了希望的火种，又浇灭了光明的火苗。

柳莎要进行第二次眼球移植：把她的第二个眼球移植给普钦可夫。于是，就有了一场艰难的对话。

“你是否知道最可能的结果？”巴甫琴科问。

“知道。”柳莎回答得很干脆。

“你坠入黑暗，你儿子也见不到光明呢？”

“知道，我做好了一切准备，能接受最坏的结果，能忍受一切痛苦。”

面对这样的母亲，巴甫琴科沉着冷静地做了第二例眼球移植手术。

功夫不负有心人，手术成功了。

柳莎和普钦可夫出院的那天清晨，天特别的蓝，风特别的暖，太阳和月亮都赶来看人间最动人的一幕：柳莎背着她的儿子，儿子闪着明亮湛蓝的右眼，发着走、停、左拐、右转的口令，母亲迈着坚定有力的步伐一直向前。

令人震撼的母爱 ◎ 汝荣兴

人间最无情的是疾病，命运真的是那样的残酷，但因为有最伟大的母爱，所以我们便可以看到这“人间最动人的一幕”——在这篇作品中，普钦可夫那只“妈妈的眼睛”，不仅仅创造了打破50米手枪慢射世界纪录的奇迹，更见证了一位伟大母亲那颗比所有的世界纪录更珍贵、更令人从灵魂深处感动的心。是的，妈妈的眼睛是“世界上最漂亮最湛蓝最纯洁的眼睛”。母亲的心既是我们全部的幸福的唯一发源地，也是世界上全部的奇迹的唯一集散地。

读罢这篇作品，那女人教她儿子结绳花和为儿子纵身跳进井里的细节，便会成为我们永远的记忆。

母子情深

刘 柳

透过那扇黑色的、斑驳的窗户，可以看见两个人头，一个大的，一个小的，两个人头低垂着，却一动一动的，似乎在显示着生命的存在。

外头，太阳明晃晃的，照得遍地的白色、金色、红色，炫目得很，屋子里却阴阴暗暗的，太阳不愿光顾这里。近了，还能闻出屋中散发出的酸味、霉味、特别有一股时浓时淡的不知咋回事的臭味，仿佛这屋子从没人住过。

阴阴暗暗的屋子里两人低着头，头大的是个女人，女人正拿着一根红绳子在一个小脑袋小孩的手指间缠来绕去。女人在教小孩玩绳花呢。孩子好小，学不会，但孩子看来很喜欢那根红红的绳子。孩子用小指头拨动着绳子，咧着嘴笑，嘴边挂着的口水闪闪亮亮，滴落在红红的绳子上，随即又落在女人的裙子上。女人也不管，没看见似的，女人专注于自己与孩子手中的红绳子。女人认真地教孩子结绳花，口里念念有词："这个搭这儿，这个往那儿搭。"女人的头发蓬蓬松松的，在肩上胡乱散着，女人的脸明明暗暗的被头发笼着……

女人其实是疯子，就是神经错乱，精神失常的那种人，女人很早前就疯了，在她还没有孩子前就是个疯子。

女人虽是个疯子，但从不会发疯，不会像其他一些疯子一样大吼大叫，在大街上乱走，追人，骂人……女人很乖，很安静。走出来和平常人差不多，只是女人的长长的头发从来没梳过，衣服也脏脏的，身上一股异味，这样，倒更使她像个乞丐。

女人自从养着她的老父、老母去世后，天天待在家里，只靠老父老母留下的小摊子，勉强生活。村里人可怜她，有剩饭剩菜都拿给她。如果没发生那件事，女人应该会一辈子这样平静的过下去。

一连几天，都有人发现女人在河边走来走去，这确实是个反常的现象。于是人们便议论纷纷："怎么了？疯子最近咋了？""奇怪？""真是怪事？"人们便注意起女人来，发现女人的肚子变大了，"不会吧，疯子怀孕了？""呀？……"几个和女人住得近的女人便在女人门口叫住女人，问她怎么回事，但女人什么都不懂。那些女人们便用手摸摸自己的肚子，再比个大的手势。女人似乎有些懂了，原本呆呆的眼睛更呆起来，女人木木地站着，一动不动。那些女人们见什么也问不出来，又嫌女人身上那股味儿难闻，一扭一扭地走了。女人呆了半晌，眼里有像珠子般的泪水滚出来，女人摸着肚子，走向河边。

村里一些闲人，看热闹般地跟了过去，女人在河边走来走去，走来走去。走了几趟来回，女人开始脱衣服。这回村里人呆了，傻傻的，一动不动。女人脱光衣服后，往水里走去。女人的肚子圆圆滚滚的，像藏了个大西瓜在里面。村里人反应过来了，蹿下水，拖住女人，往回拉。女人开始时会挣扎，发疯，后来不动了，任由别人把她拉回岸上穿好衣服。女人一直喃喃的，反反复复地说着什么，有人听清了，女人一直在说："水里多好呀，死在水里多干净呀。"

"咋这样呢，咋会这样呢，好好的一个疯子，咋会这样呢？"村里人很是不解。或许是为了满足大伙儿的好奇心，村里便有了这么个说法：说是有个不要脸的、祖宗缺了德的死男人，在一天把疯子骗到河边，帮疯子擦洗干净了便强奸了她，于是疯子就怀孕了。人们对这个说法深信不疑，甚

至津津乐道。于是看见女人，便常常有人感叹："真可怜呀，那个男人真不是好东西，连疯子也要。"说罢，对女人投去深深同情的目光。

后来，女人很少到河边去了，女人似乎意识到了什么。再后来，女人生了个男孩，村里人笑，又说："疯子好有福气呀。"

女人是真正的女人了，是母亲了，女人得把孩子拉扯大，得养活她的孩子。但女人不是个正常人，她不懂怎样做，面对着一个只会哭的粉嘟嘟的小娃儿，女人一怔一怔的。

于是，女人的小屋子里老是传来孩子的啼哭声，由响响亮亮的哭声慢慢变成嘶哑的，连续不断，邻里都说："那孩子肯定养不活，作孽哟。"

孩子终究在女人的拉扯下，奇迹般地成长。女人也变多了，女人干净多了，女人知道帮孩子洗脚洗脸，也知道要帮自己洗了。女人变得会笑了，眼里也有些神采了，不再是那般木木的没生气。

每天，女人会把父母遗留下来的小摊子收拾好摆在门口，再端把小凳子，抱着孩子，专注地抚摸着孩子，逗着他。孩子往往被逗笑了，女人也笑，很开心的样子，女人看起来很像个正常妇女了。

孩子大了点，会走路了，常常晃着小小的身子屁颠屁颠地到处走，女人寸步不离地跟着，温柔地护在孩子的身边。

一天，女人回屋拿柴出来劈，把孩子放在门口的小凳子上。出来时，孩子不见了，女人一惊，手中的柴散了一地。女人喊着孩子，疯似的找。终于，女人看见孩子了，孩子正趴在井台上，身子往下探。女人急了，大叫一声："娃——"孩子一转身，"嗵"地摔了进去，女人疯了，冲过去纵身跳进井里。

村里人闻讯赶来，救起了孩子，也捞起了女人，女人死了，湿淋淋地躺在井边，头发第一次不再蓬松，紧紧地贴在脸上。

村人呆呆的，良久，有人说："疯子死了。"

"嗯。"

"她终究死在水里了，死在水里干净。"

永远的记忆 ◎汝荣兴

这篇作品所塑造的，是一个非同寻常的母亲形象。那是一个不幸、可怜的女人。所以，作品所讲述的故事是一个悲剧。但这个悲剧却又悲得十分的美丽——因为我们从中看到的根本不是一个作为疯子的女人，而是一个作为母亲的女人，而且，这位作为母亲的女人，对自己的儿子有着与天底下所有的母亲一样，甚至是比天底下所有的母亲更慈爱的情怀。于是，读罢这篇作品，那女人教她儿子结绳花和为儿子纵身跳进井里的细节，便会成为我们永远的记忆。

在这篇小说里，我看到了一位父亲的智慧，他对儿子的教育不是打骂指责，而是动之以父子间的真情。

父子连心

欧阳德意

林腾祥怎么也没有想到，自己千辛万苦把独生儿子培养到大学毕业，并且有了一份不错的工作，到头来还有操不完的心。

原来，他的宝贝儿子林耀辉最近不但没有上交一分钱，还变着法儿向家里要钱，而且连续谈了几个对象相继告吹。难怪退休在家掌管家中“财政大权”的老伴儿，三番五次在林腾祥面前唠叨。

常言道："子不教父之过"。从机床厂下岗后，林腾祥凭着八级维修工的高超技术，开了间摩托车维修店，起早贪黑，日夜辛劳，到头来还不是为了儿子？可儿子也太不争气了，林腾祥下定决心：无论如何都要阻止儿子误入歧途！

这天晚上，林腾祥早早吃过晚饭，把儿子叫进自己的房间。父子俩很久没有这样促膝谈心了。他喝了口茉莉花茶，眼睛盯着儿子说："听说你最近常向你妈要钱，能告诉我是怎么回事吗？"林耀辉听了一愣，旋即振振有词地说："交女朋友嘛，当然要多花钱口。怎么，老爸心疼了？"林腾祥不动声色，意味深长地说："男子汉顶天立地，说出的每句话都要掷地有声。既然你这么说，爸爸没有理由不相信，希望你好自为之。"

可就在第二天晚上，林耀辉骑着摩托风驰电掣般来到东郊娱乐城的一个包间。屋内早有三个人在等候，连麻将牌都已砌好，就等着开局了。旁边还有小姐沏茶送点心，好不舒服。林耀辉连忙落座，兴致勃勃地玩起牌来。谁知，一圈还未打完，林耀辉就发现父亲已经悄无声息地站在身后，不禁吃了一惊。在父亲双目灼灼地逼视下，他只得怏怏不乐地离开麻将桌。当晚，林腾祥并没有大发雷霆，只是用楷书写了"戒赌"两个字，让林耀辉抄写一百遍。

这样相安无事地过了一个星期，林耀辉觉得父亲好像不怎么在意了，以为风声已过，手不觉痒痒起来，又要"蠢蠢欲动"了。这不，就在周六晚上，他又被接二连三约他打麻将的传呼搅得心烦意乱。于是，硬着头皮向林腾祥说了声："爸，我今晚去同学家里有事。"就匆忙出门了。林耀辉以为这次可以痛痛快快地过把瘾了，不料，牌还没洗好，一个熟悉的身影又出现在他的面前，父亲仿佛从天而降！林耀辉就像泄了气的皮球，无精打采地跟着父亲回家了。这天晚上林腾祥写了"诚实"二字，让儿子抄两百遍。林耀辉直忙到下半夜才抄完。

经过这次的教训，林耀辉着实老实了好一阵子，足足有两个月不敢"轻举妄动"。

春节临近，这是赌徒最活跃的“黄金季节”。林耀辉又按捺不住了。现代通讯工具为这些不守本分的人大开方便之门，经过商量，他们决定到西郊某寺庙“开盘”。在寺庙里，林耀辉面对一尊尊菩萨暗暗祷告：“菩萨保佑，父亲千万别来！”可是菩萨并没有保佑他，林耀辉前脚才到，林腾祥后脚就跟进来了。林耀辉不禁暗暗佩服父亲神通广大，惊奇地问：“爸爸，真是不可思议，不论我到什么地方，你总是如影随形，是不是在我身上安装了窃听器？”林腾祥叹了口气，语重心长地说：“你听说过‘可怜天下父母心’这句话吗？跟你说吧，只要你一想赌博，爸爸就会有心灵感应，就会心痛不已，而且一闭上眼睛就知道你去哪里，然后就马不停蹄地赶去。随着一次次的奔波，爸爸的心脏越来越不好了，总有一天会出事的，你难道就忍心这么下去，让我一次次地跑吗？”林耀辉听了这话，如喝了剂清醒剂，幡然醒悟……

后来，林耀辉真的脱胎换骨了，何况他也怕父亲的心脏病发作，自己落个“不孝子”的骂名。再后来，他终于找到了个称心如意的对象，在国庆节举行了婚礼。

婚礼上，当新婚夫妇向二老鞠躬时，林腾祥给儿子一个大红包，说：“这是一份特殊的礼物，你打开看看吧。”林耀辉迟疑地打开红包，里面包的竟是几张收据和一叠的士票。原来，为把儿子从歧途上拉回来，林腾祥不惜血本，花重金雇了私人侦探，“全天候”跟踪林耀辉，接到侦探的报告后，他就坐的士直奔现场……

真相大白的林耀辉不禁百感交集。父亲那动情的声音又回响在耳际：“这世界上虽然没有什么‘心灵感应’，可‘父子连心’却是千真万确的啊！”

父亲的智慧 ◎安　勇

父亲为了帮助自己的儿子戒除赌博的恶习，煞费苦心地想了很多办法，甚至编造了“父子连心”的谎言。当儿子坐在赌桌前时，父亲一次次

神奇地出现在他的面前，经过一番努力后，终于帮儿子改掉了恶习，走上了人生的正路。在这篇小说里，我看到了一位父亲的智慧，他对儿子的教育不是打骂指责，而是动之以父子间的真情。虽然每次儿子参与赌博时，父亲都能神兵天降般地出现，并不是什么心灵之间的感应，而是父亲雇了私人侦探全天候跟踪的结果。但我仍然相信，这对父子的心是实实在在连在一起的，连接他们的就是父子间的深情。

我们当然得感谢作品中的那位小伙子，是他的好心和他那份“珍贵的礼物”，使毕竟还不怎么懂事的瑶瑶得到了无比的欢欣和无比的安慰。

珍贵的礼物

江　岸

是雪梅自己一句善意的谎言把自己逼到了走投无路的悬崖边上的。

从瑶瑶四五岁开始，就知道朝雪梅要爸爸了。别的宝宝都有爸爸，为什么瑶瑶没有爸爸？瑶瑶不止一次这样问。那时候的瑶瑶确实太小了，容易哄，雪梅随便编一个故事，就能转移瑶瑶的注意力。现在瑶瑶六岁了，在青龙街小学读一年级，不太容易哄了。雪梅就开始捏着嗓门粗声粗气给瑶瑶打电话，冒充瑶瑶的爸爸。好在宿舍楼下就有一个电话亭，每隔一周打一次电话也很方便。每次瑶瑶接了“爸爸”的电话，都是又激动又自豪。因为“爸爸”告诉瑶瑶，他正在美国留学，博士学位拿到了，就要回来看瑶瑶。瑶瑶每每在妈妈不在家的时候接到“爸爸”的电话，总替妈妈遗憾，就原原本本将“爸爸”的话转述给妈妈听。雪梅听了，不由自主地落泪。瑶瑶用白胖白胖的小手替妈妈擦泪，劝妈妈，“爸爸”说了，他在外面过得挺好的，让你放心。雪梅听了，眼泪流得更欢了，瑶瑶怎么擦也擦不完。

那天，雪梅又冒充男声往家里打电话，瑶瑶接了，连连喊了几声爸爸，然后瑶瑶撒娇地问“爸爸”，再过几天瑶瑶就过生日了，“爸爸”你能回来吗？雪梅害怕瑶瑶伤心，一时激情难抑，一句“爸爸一定回来给你过生日”的话便脱口而出，放下话筒她就后悔了。瑶瑶当然当了真，欢呼雀跃地把这个大好消息告诉了妈妈，结果那天晚上，瑶瑶一直兴奋着，直到半夜才笑眉笑眼地睡着，梦里还笑得格格格的，一个劲儿地喊爸爸。

这样一来，雪梅就不知道下一步戏该怎么演了。

而瑶瑶早将这个消息告诉了她认识的每一个人。她还了解到，爸爸从美国回来，肯定要坐飞机回来，她要到机场去接爸爸。

瑶瑶生日那一天，碰巧是礼拜天。天还蒙蒙亮，瑶瑶就将雪梅摇醒了，要妈妈赶紧起来，带她去飞机场。雪梅只好起来了，愣了一会儿，揉了揉惺忪的睡眼，决意摸着石头过河，走一步算一步吧。

离小城最近的飞机场，是武汉天河机场。娘儿俩坐了将近 3 个小时的火车，到了武汉，打的去了机场。从上午 10 点钟开始在候机厅外守候，一直守到中午一点多，当然没有爸爸的影子。雪梅已是饥肠辘辘了，瑶瑶早饭都没好好吃，肯定饿得更够呛，可雪梅拽瑶瑶去吃饭，瑶瑶的小脸蛋紧紧贴在候机厅外的玻璃上，目不转睛地盯着出来的每一个男人，死活不愿挪动。雪梅要去买吃的，瑶瑶也不让她走。瑶瑶自有瑶瑶的理由。爸爸出来了，又不认识我，找不到我们怎么办？雪梅只好陪瑶瑶一起饿着。可是，总这样等着也不是个事儿啊。

候机厅里走出一位推着行李的衣冠楚楚的小伙子。

雪梅迎上前去，大声问道，你是从美国回来的吧？小伙子愣了一下，继续朝前走。

雪梅挡住了小伙子的去路，朝他使了个眼色，又悄悄指了指瑶瑶，大声说，瑶瑶的爸爸在美国留学，本来准备今天回来给瑶瑶过生日的，为什么还没到呢？

小伙子有点困惑地看着雪梅。

雪梅小声央求小伙子，孩子太想爸爸了，配合一下，好吗？

小伙子终于明白过来了。

雪梅大声说，瑶瑶的爸爸是不是功课太忙，老师不让他回来？

小伙子走到瑶瑶面前，蹲下身来，抱抱瑶瑶，微笑着说，小妹妹，你就是瑶瑶吧？常听你爸爸提起你。长得真漂亮。本来呢，你爸爸准备和我一起回来的，可是他功课太多啦，暂时回不来了。你爸爸还让我代他问你生日好呢。

小伙子和雪梅娘儿俩互道了再见，推着车走了。走到门口的时候，忽然又推车回来了。他走到瑶瑶面前，从行李中掏出一盒东西，递给瑶瑶，歉意地笑笑说，我差点忘了，你爸爸捎给你的生日礼物。

包装多么精美的巧克力呀，是爸爸捎回的礼物。瑶瑶高兴地接过来，将礼物紧紧搂在怀里。

雪梅的眼泪刷一下决了堤的洪流一样奔涌出来，她朝小伙子深深鞠了个躬，哽咽地说一声，谢谢。

小伙子挥挥手，出去了。

返程中，瑶瑶一直紧紧搂抱着那盒来自“大洋彼岸”的巧克力。雪梅郁郁地想，瑶瑶啊瑶瑶，等你长大了，妈妈再告诉你，爸爸永远不会送你礼物了，他早已在美国一起车祸中丧生，变成一缕飘荡在异国他乡上空的凄凉的孤魂了。

母爱如山 ◎ 汝荣兴

我们当然得感谢作品中的那位小伙子，是他的好心和他那份“珍贵的礼物”，使毕竟还不怎么懂事的瑶瑶得到了无比的欢欣和无比的安慰。而这篇由“一句善意的谎言”构成的作品，在生动地表现了那位小伙子的善良的同时，实际上更深沉地表现了身为母亲的雪梅的善良——为了不让幼小的女儿的心灵受到伤害，雪梅一方面独自默默忍受着那种最深切不过的失夫之痛，一方面时时处处总在为女儿考虑、替女儿着想。所以我们也必须深深地感谢雪梅，感谢这位将一切都扛在自己肩头的母亲。

当小说里的“我”终于从父亲的来信中知道了那段埋藏久远的往事时，一种发自内心的悔恨，像潮水一样顷刻间把她淹没了。

迟到的悔

张枫霞

我的父亲是典型的陈世美。本来我是可以跟随母亲的，然而，我毅然决然地选择了父亲。不是为了享受他那比较富裕的生活，只是想……让他不得好过。

做父亲妻子的那个女人，我应该管她叫继母，我当然不会这样叫，甚至连阿姨也不叫。为了讨好父亲她总是首先讨好我，整日里苍白着脸像只苍蝇似的围着我转。我不领情，而且表现出极度的厌烦。父亲对我的傲慢与冷漠更是无可奈何。渐渐地，他们除了供我吃喝和念书外不再争取我的亲近与家庭的和谐了，而这正是我所觊觎的。

后来，他们有了自己的孩子，那是一个病弱的呆头呆脑的男孩，自从有了他，家中更无宁日，无论白日还是黑夜，时刻准备着向医院奔跑，每抢救一次，父亲与继母都要瘦去一圈。我不关心这些，依然昂首挺胸地走进走出。然而，就在那一年的夏天，我从来都没有正眼瞧过的小弟弟却与我发生了生与死的联系。

我接到了大学录取通知书，是自费，2.8 万元的学杂费必须一次交清。我知道这些年为了给弟弟治病，父亲早已倾尽家中所有。然而，读大学是我多年的梦，也是我唯一离开这个家的出路。拿到通知书去找父亲时，看到桌子上正放着另一张单子，那是医院里的催款通知单。我一句话没说，把录取通知书连同学费通知单一同拍给了父亲，哼！谅他也不敢不给我出这份钱。

半夜里醒来，看到父亲屋里还有灯光，似乎还听到继母压抑的哭声。预感到与自己有关，我悄悄地扒着门缝往里看，只见父亲一支接一支地抽烟，已扔了满地烟头，继母扎在父亲怀里呜呜咽咽地哭。许久许久，父亲似乎作出了重大的决定，猛然扔掉烟头，扳过继母的脸说：“咱们不能为了渺茫的希望耽误了霞子的前程啊！”继母哭得更加厉害了。

第二天，父亲说：“你自个儿准备上学的事吧，我们得上医院，顾不上管你。”继母眼睛红红的，头也不抬跟在父亲身后默默地出了家门。望着他们的背影，突然发现父亲的黑发一夜之间白了许多，再看他们下楼，互相搀扶着，脚步竟然有些蹒跚，他们才刚刚 40 岁啊！这么多年来，我的心里第一次有了感动，甚至对自己的争取有了一闪念的放弃。然而，我只是叫住他们，我说我要和他们一起去医院里看望小弟弟。

在我开学的第二个周末，突然接到父亲的电话，说小弟弟已经去了。我无言，我的前途是用小弟弟的命换来的啊！那晚我在操场上徘徊了整整一夜。

五月份，学校里为母亲节征文，这勾起了我对母亲的强烈思念。一篇《母爱》感动了全院师生。我把这篇获得一等奖的散文寄给了父亲，只想让他明白他的不负责任对子女造成了多深的伤害。

一周后我接到了父亲的回信，沉甸甸的足足十几页："……你母亲被那个没良心的人抛弃了，同时抛弃的还有她肚里的你，我娶她是为了救她，我们商量好了，等你长大点再离婚，你刘阿姨还等着我呢。为了你母亲的名声，对外声称是我另攀了高枝，反正我要离开那个地方，听不到别人的唾弃。没想到的是你愿意跟随我，我亲爱的女儿……幸亏有了你，我和你刘阿姨才有了寄托……"

读完父亲的信我傻了，他并非我的生身之父，然而，他却给了我山一般深厚、海一样宽广的父爱。我竟然却一直在怨恨他，甚至报复他。我真后悔……

深藏于父亲心里的爱 ◎安 勇

一位品德高尚处处为他人着想的父亲，为了保全一个女人的名声，作出了种种牺牲。先是假装娶了那个被人抛弃的女人，又在众人的指责和非议中离了婚。但就是这样一位父亲，在一个不了解事实真相的孩子眼里，却成了一个忘恩负义的陈世美似的人物。甚至为替母亲复仇，还想出了种种报复的手段。但那位和他没有任何血缘关系的父亲，对她却万分地疼爱、视如己出，最刻骨铭心的是为了供她上大学，放弃了给亲生儿子治病的机会，眼睁睁地看着自己的孩子永远离开了人世。当小说里的"我"终于从父亲的来信中知道了那段埋藏久远的往事时，一种发自内心的悔恨，像潮水一样顷刻间把她淹没了。

身为儿子的A最终在自己当年跌破了额头的木板桥头挂起了一块“飞龙山大桥工程筹备处”的牌子，并亲自“带领一帮建桥工人在忙碌着”，这无疑便是他对母亲的最好的报答。

伤疤

叶思根

在美国已经拿到了“绿卡”，据说已经成了百万富翁的A，忽然接到母亲托人发来的一封加急电报，那电报上写着：“母病危，望能最后摸儿一下。”

看完电报，A的心“悠”的一下提起来，那小小的电报纸片在他手里像大山般沉重。他久久凝视着那电文，特别是那个让人困惑不解的“摸”字，干吗用“摸”字而不用“看”字？难道母亲不但病危，而且双目失明了吗？天哪！A伤心得几乎昏倒过去，巨大的悲痛像海潮似的涌上心头。他知道母亲以前得过眼病，也知道母亲在父亲去世后为了把他抚养成人累得百病缠身。可万万没想到，从22岁一直守寡到年过花甲的母亲，在即将离开人世的时候，只希望能“最后摸一下”儿子来取得慰藉。“可怜的母亲！”A在心里喊着。归心似箭，他买了美国最高级的补药补品风尘仆仆地回到了母亲的床前。

“妈妈！儿子回来了！”他向病卧在床的母亲扑了过去，在床前跪了下来，忧心如焚地问道：“妈妈！你真的看不见儿子了吗？妈妈！你看一看儿子呀！”他声泪俱下，把头往母亲的眼前靠。

“啊！儿子！我的儿子……”母亲哆嗦着伸出一只手，脸上露出宽慰的笑容，颇为吃力地说道，“妈妈多想看看你的模样啊！可惜，妈的眼睛不中用了。来，让妈妈好好地摸一摸你。”母亲那枯柴般的手在空中哆嗦着要寻找儿子的身体。

“妈妈！儿子在这，你摸吧！摸吧！”A抓住母亲的手贴在自己的脸上，眼里涌出了泪珠。

“我的儿子！我的儿子……”母亲喃喃地说着，用5个粗糙的手指在A的脸上轻轻地、慢慢地抚摸着、抚摸着，从脸颊摸到头上，又从头上摸到眼睛、鼻子、下巴。那神情，像是在用触觉细细地品赏一件价值连城的工艺品。摸着摸着，那枯柴般的手指忽然停在A额头的伤疤上不动了，母亲的眼里涌出了浑浊的泪水。

“妈妈！你怎么啦？”A大惑不解。

“孩子，妈妈对不起你呀！小时候没有带好你，让你跌伤了额头，留下了伤疤，破了相。这是妈妈这一辈子最大的过错啊。”母亲说罢涕泪涟涟。

“妈妈！你别这么说，别这么说！”母亲的引咎自责使A感动得泪涌如泉。这能怪母亲吗？他3岁那年，失去了丈夫的母亲身体有病，还背着他上山砍柴。当母亲背着他挑着沉重的一担柴走过山中那在两条大缆绳上面铺上木板而成的摇摇晃晃的木板桥时，一块朽烂的木板突然断裂，母子俩连人带柴摔下桥底，他因此便在额上留下了令人心酸的疤痕，可这不过是一个小小的疤痕罢了，对他算得了什么呢？他安慰母亲：“妈妈！您别为这难过，我现在不是好好的吗？一个伤疤，小小的伤疤，对我不要紧的，一点儿也不要紧。”

“可是……可是，到阴间我怎么向你父亲交代哟。他把你交给我的时候，你完完整整的，一个疤也没有。可是后来……儿子，我对不

起你和你父亲啊……”母亲过于悲痛，昏过去了。那枯柴般的手指停在儿子额头的伤疤上，脸上永久地凝固着一种似乎永远也不原谅自己的痛苦。

“妈妈！妈妈！”A悲痛得肝胆欲碎。他安葬好母亲，走到那曾经带给他伤疤的木板桥头，见那木板桥依旧在山里人的脚步下摇摇晃晃，他惊呆了，伫立在桥头沉思了好久好久。亲友们帮他打点好返回美国的行装，他却摇了摇头，天天往那木板桥上跑。

几天后，木板桥头突然出现一个工棚，工棚门口上赫然挂着一块“飞龙山大桥工程筹备处”的牌子。A带领一帮建桥工人在忙碌着，初升的太阳照在他的身上，他额上的那块伤疤在阳光下闪闪发光。

母爱的回报 ◎ 汝荣兴

儿子额头的一个小小的伤疤，竟然会让母亲惦记到自己生命的最后时刻，这是多么具体又多么典型的一种母爱啊！这篇作品通过“伤疤”这一既具象化又包含着丰富的象征性的细节，十分自然真切地体现了一位母亲的心灵的纯净与细腻，及其对母爱的圆满与完美的孜孜以求。而身为儿子的A最终在自己当年跌破了额头的木板桥头挂起了一块“飞龙山大桥工程筹备处”的牌子，并亲自“带领一帮建桥工人在忙碌着”，这无疑便是他对母亲的最好的报答。

根宝怀着一颗忐忑不安的心，毫无选择地走上了这条曾经诞生了无数鬼怪故事的林间小路。这是根宝出生46年来第一次走这条夜路。

父爱

陈 华

白月夜，根宝孤身一人走在冰雪泛白的山道上，冷汗涔涔。张牙舞爪的林木和一两只野鸟的惨叫，直吓得根宝毛骨悚然，因为胆小，以前根宝从不敢一个人走这条时有孤狼出没的山路。这次根宝之所以在沉寂的冬夜里走上这条路，都是为了迎接放假回家的儿子。

儿子是根宝的希望，也给根宝这位祖辈就困守山坳的庄稼人带来了无与伦比的骄傲：儿子是村子里第一个考上大学吃上国库粮的人。更何况，自从儿子被通知考上大学的那一天起，冷漠的村子都好像一下子变得暖和起来，让根宝明显地感受到了村民的热情，就连从来不拿正眼看他的村主任遇到他，也都老远就堆满笑脸向他打招呼："根宝哥的腿脚好些了吧……"根宝知道，这都是儿子出息了的缘故。所以在根宝的心里，儿子就是他后半生的寄托。几天前，儿子从大学打电话说今天回来，让他到山外的车站接一接。所以今天一大早，根宝就安顿好年迈的父亲，趁早赶了十几里的山路，来到那条通向山里的公路旁边，等待儿子归来，却不想，从早上等到下午，又从下午等到日落西山，也没看到儿子的影子。

儿子怎么了？生病了？误车了？路上出事了……

一个个他根本不愿意想的念头随着希望的破灭都蹦了出来，根宝的心情随着暮色的加重而越来越沉重不安。待到他确定再也不会有车到来的时候，已是一个冰霜铺地的月夜。

就这样，根宝怀着一颗忐忑不安的心，毫无选择地走上了这条曾经诞生了无数鬼怪故事的林间小路。这是根宝出生46年来第一次走这条夜路。对儿子的担忧、对荒山夜路的恐惧，笼罩着根宝的全身，弦一般绷紧的神经，让他不由自主地发出沉闷的呼唤壮行。

“儿子——儿子——儿子……”

可让根宝害怕的事还是出现了，就在根宝气喘吁吁地将要爬上山脊梁时，他一路走来从不敢乱视的眼睛，偏偏一眼就看到了山鞍子的那棵

大枫树下有一个时而晃动着的影子。

“老天——”根宝猛地打了一个激灵，一股冷气瞬间穿透全身。他本能地想到了大枫树下的山神庙，也本能地想起了山神养狼护山的传说，耳边也好像又响起了口人的狼嗥声……

根宝原地怔立一会儿，待发木的头皮有了知觉之后，转身从路边的草丛里摸起一块石头攥在手里，带着一种奔赴战场的悲壮，硬着头皮悄悄地向山鞍子挪去。

这是一条必经的路！他想，这也许就是命中注定的劫，不然好端端的儿子为什么就没接着呢？

靠近，靠近，再靠近。就在根宝确定走到了有效的攻击距离，大吼一声，扬臂，准备把那块碗大的石头扔出去的刹那，蹲坐的黑影子突然立起。

“根宝——”

“是你！——咋在这？”

“娃来电话说今天来不了，我怕你——”

根宝不由得全身一热，手中的石头“砰”的一声落在了地上。爹呀，父亲！

石破天惊的父爱 ◎安 勇

在《父爱》这篇小说里，我们看到了一位非常胆小的父亲，但他为了自己的儿子在夜里咬牙走上了一段黑漆漆的山路。他没有想到自己在路上，没接到从学校回来的儿子，却意外地遇到了自己的老父亲。因为他的父亲非常了解他，知道他从小就胆小。两位父亲就这样在令人恐怖的山路上相遇。一个是为回家的儿子担心，另一个是在等候胆小的儿子。虽然目的不同，但作为一个父亲的心和那份父爱，是完全一样的。在他们的心里，那条黑暗而恐怖的山路就是一个父亲最应该出现的地方。

母爱，就像那盏灯光，在暗夜里静静绽放，无声无息，却照亮黑夜，照亮晦暗，照亮孩子回家的路。

Part Five

最后的愿望

从现在开始，从每一件小事做起，让我们珍惜每一刻孝敬父母的幸福时光，让每一天都变成父母的节日！

一个在高考的战场上屡战屡败的儿子，不忍心再次让相依为命的父亲失望，在又一次落榜后，编造了一个已经被大学录取的谎言，踏上了外出打工的路程。

我的大学

侯德云

第一次高考落榜以后，我流下了很多眼泪。爹用他那一双粗糙的大手擦去我脸上的泪水，对我说："儿呀，咱不哭。咱好好复习复习，明年考上去，啊。"

第二次高考落榜以后，我流下了很多眼泪。爹用他那一双粗糙的大手擦去我脸上的泪水，对我说："儿呀，咱不哭。咱好好复习复习，明年考上去，啊。"

第三次高考落榜以后，我流下了很多眼泪。我对爹说："爹，我不考了。我笨，我太笨了，我永远也不会考上大学的。"

爹用他那一双粗糙的大手擦去我脸上的泪水，对我说："儿呀，咱不哭。咱好好复习复习，明年考上去，啊。"

爹说完这话，就蹲在地上哭了起来。他一边哭着一边说："儿呀，你不笨。你像你妈，一点儿都不笨，你一定会考上大学的。"

我妈确实一点儿都不笨。她厌倦了小山沟里的穷日子，一个人悄悄地走了，连声招呼都不打。爹却从来没有责怪过妈，他说：“儿呀，都是爹不好，爹没钱给你妈治病，她才撇下咱们走的。”

那几年的日子简直糟透了。爹为了凑齐我复读的学费，起早贪黑到处打零工，舍不得吃，舍不得穿，头上的白发越来越多了。他的手掌像砂纸一样，摸到石头上，能发出沙沙的响声；摸到桌子上，也能发出沙沙的响声；摸到我的脸上，沙沙的响声没有了，我的脸却会火辣辣地疼起来。

我的情况并不比爹好多少。我的心情跟我的学习成绩一样，越来越坏。我对高考产生了一种恐惧感。我有时候会很羡慕我妈，她一个人静静地躺在山坡上，啥闹心事也没有，多么好啊。

今年，今年我必须考上大学。我不敢不考上大学。如果我考不上大学，我爹会受不了的，他也许会死的。

可是，我真的能考上大学吗？

听说高考的分数下来了，我赶到学校去看。只看了一眼我就昏倒了。老师和同学把我送到医院，舞弄了很长时间我才醒过来。我号啕大哭。我想我再也没脸去见爹了。我想我肯定是天底下最大号的笨蛋，复读的时间越长，高考的分数越低。我想我干脆死掉算了。

傍晚的时候我回到家里。爹做了一桌很好的饭菜，还买了一瓶白酒。他肯定把家里的那只大公鸡杀掉了。至于他从哪里弄到一条鲤鱼，我就猜不出来了。

我不知道爹为什么要整这么一桌饭菜。不年不节的，搞什么名堂呢？

爹打开酒瓶，倒了满满两杯酒，对我说：“来来来，咱爷俩好好喝两杯。”

我一声不吭，接过酒杯一饮而尽。

爹说：“儿呀，今年考得咋样？”

我脱口而出，说了一句连自己也感到吃惊的话：“挺好的，差不多能考上。”

爹咧开嘴巴嘿嘿地笑了起来。他说：“我找算命先生看过了，他说你能考上。我琢磨着，你肯定能考上。来来来，咱爷俩再喝一杯。”

又是一饮而尽。我的泪水下来了，在脸上流得一塌糊涂。

爹笑嘻嘻地说："儿呀，你这是咋的啦？"

我用手胡乱抹了抹自己的脸，说："我，我是高、高兴的。"

高考的录取分数线也下来了，我装模作样到学校周围转了一圈，连学校的大门都没有进就回来对爹说："我的成绩比录取分数线高了不少，兴许能考个好大学。"

爹笑着点了点头，说："好，好。"

随着时间的推移，我的谎言也在继续。我不敢把真相告诉爹。我怕把真相告诉他以后，弄不好就能要了他的老命。

又过了一段时间，我的大学录取通知书到了。真不赖，我考上了辽宁大学。通知书是我在县城的打字社里打印的，印章是我自己用土豆刻的。我在同学那里见过不少录取通知书，觉得自己造假本领还不错。

我在心里打定了主意，再过几天我就假装去上大学，实质上是出去打工。我不会让爹给我寄学费的，我会说我在沈阳半工半读挣了不少钱。我甚至还会每个月都给爹寄一点钱回来，我不能再让他过以前的苦日子。我最后要做一件事，是四年以后，花钱买一个假毕业证，在爹的面前晃一晃，打个马虎眼就行了。

我把录取通知书拿给爹看，爹高兴极了。他挨家挨户把我考上大学的消息告诉村里的父老乡亲。爹以前是个不爱说话的人，那几天他却变成了一个碎嘴子，见到谁都爱说话。

我看见爹对两个不懂事的孩子说："你们要好好学习，将来像我儿子那样，到沈阳上大学。"爹的表情太严肃了，两个孩子听完他的话，小眼睛滴溜溜地转了几转，突然"哇"的一声哭了起来。我心里很难过，真的很难过。我恨自己！几天前，我来到沈阳。我找到了辽宁大学。我在辽宁大学门口照了一张相，是请附近一家影楼的摄影师照的，为此我多花了两倍的钱。我把照片寄给爹，然后就到劳务市场找工作去了。我的大学时代终于开始了。

为了父亲 ◎安 勇

这是一篇非常让人感动的小说，父亲在儿子一次次落榜时，用一个简单的动作、一句质朴的语言，给了儿子重新踏上考场的信心和勇气。一个在高考的战场上屡战屡败的儿子，不忍心再次让相依为命的父亲失望，在又一次落榜后，编造了一个已经被大学录取的谎言，踏上了外出打工的路程。虽然儿子的录取通知书和在校门前的照片都是假的，但我还是认为，小说里的“我”至少上了两所大学，一所大学的名字叫父亲的爱，另一所大学的名字叫爱父亲。

从这位只想给自己的孩子第二次生命的母亲身上，我们看到了那种最最绚丽的母性的光辉。

只想给你第二次生命

尤天晨

在她 42 岁时，18 岁的儿子病了，是血液方面的毛病，治疗很棘手。医生说，只有一种方法可以挽救她儿子的性命，就是采用同胞新生儿脐血注入疗法。也就是说，她必须再生一个孩子。“可是，就你的年龄和体质而言，能否顺利怀孕，能否平安生产，谁也没有把握。你们要考虑清楚再作决定。”

“算了，”丈夫说，“我不能让你冒这个险。”

她不同意。肉上生疮肉上痛啊。如果儿子的生命都不能保证，当妈的活着，又有什么意义？！

“我一定能生个孩子的，相信我。”她的内心并不自信，但她相信，冥冥之中那个掌管子嗣的神灵，会对一个母亲的不幸网开一面。

丈夫没能说服她。

他们开始为怀孕而做各方面的努力和准备。一边为申请二胎指标到处奔波，一边还要照顾生病的儿子。儿子的病情在缓缓地加重，使他们的计划与任务越发显得人命关天。焦虑、疲劳和压抑，终于导致她内分泌失调。两个月过去了，她还是没有怀孕的迹象。为此，她求医问药，求神拜佛……差点儿没急疯。一天，当她终于从自备的测早孕试纸上发现异常时，她哭了，儿子有救了！

她以后就盼星星，盼月亮，巴不得腹中的孩子早一点儿出生。她每天都注意自己身体的细微变化。到底是年龄不同了，随着怀孕月份的增加，她越来越感到精力不足，头发开始脱落，牙齿日益松动，走路时腿里像塞了棉花……身体里的钙质一点点流向那个鲜活的小生命。但是，身体越不适，她越开心，因为，那证明胎儿在渐渐长大，证明救活儿子指日可待。

然而，在她怀孕7个月时，儿子的病情进一步恶化了。听到这个消息，本就虚弱的她晕倒了。醒来时，她已躺在产房里，阵阵腹痛告诉她，她正面临早产，而且伴随其他复杂情况。她听见医生在门外说，大人和孩子，只能保一个，你要谁？然后便是丈夫痛苦的反问，怎么会这样？怎么

会这样?！两个我都要……可稍有理智的人都知道，这根本不可能。

“不，我只要孩子！”她忍着剧痛，对着门外声嘶力竭地喊道。医生和丈夫闻声立即来到她面前。丈夫心疼地看着苍白憔悴的妻子，豆大的泪珠滚了下来：“不能啊！这样做我对不起你。”

“可是，不这样做更对不起我们的孩子——是两个孩子！”妻子说。

最后，医生采纳了她的意见——保全孩子。医生对那位丈夫说，成全她，因为，我也是母亲，我理解一个母亲的心情。

手术室里，一种神圣的肃穆涌动着，随着一声响亮的啼哭，产妇终于带着疲惫而满足的微笑合上了眼睛。她苍白的脸映着满床血的汪洋，映着窗外五月那火红的石榴花，凄美动人。医生对着她的遗体深深地鞠了一躬。

又是一个石榴花开的五月天，一个中年男人抱着粉嘟嘟的女儿，领着血气方刚的儿子，去墓地看望孩子们的母亲。“知道吗，你们的妈妈，曾给你们两次生命。”男人看着女儿清澈无邪的眼睛，又把目光移向儿子的脸。

两个孩子像两枝美丽的康乃馨，正借助母亲的生命成长、怒放。男人觉得，这是自己献给妻子的最好的节日礼物，因为这一天，是母亲节。

灵魂因母爱升华 ◎ 汝荣兴

首先让我们一起也对作品中的那位伟大而又神圣的母亲深深地鞠上一躬！事实上，无论什么样的词汇，都难以形容作品中的这位母亲的那种美丽。哪怕我们的身份与年龄千差万别，也都难以改变我们对作品中的这位母亲的那种同样的感动与敬仰！真的，从这位只想给自己的孩子第二次生命的母亲身上，我们看到了那种最最绚丽的母性的光辉；在读这篇作品的过程中，我们都会有那种自己也获得了第二次生命的感觉——我们的灵魂因作品中的这位母亲而得到了一次净化与升华。

这篇作品紧扣住“天下母亲”的题旨，在有限的篇幅里详略有致地成功塑造了两位母亲的形象。

天下母亲

辛立华

那几天是我有生以来最疲惫的日子。

为了给母亲治病，那几天我顶着近40度的高温开着出租车奔波于城市的各个角落。母亲需要做的手术很大，医院张口就要10万元的押金。10万，对于我这个刚刚靠借钱买车的下岗人员来说，无疑是个天文数字。但我下了决心，把自己卖了，也要给母亲治病。再次登亲朋好友的门，总算凑了9万块。医院开恩，收了9万块后让母亲住了进去。医院说我母亲得在医院观察3周，趁这段时间让我再想办法弄那一万块钱。于是我又搜肠刮肚地找能借出钱的亲戚、熟人，费了九牛二虎之力才借到8000块钱，还差2000块。怎么办？我把牙一咬，玩命拉活儿。一天100块，三周也就拉出来了。

都说福不双降，祸不单行。这话偏偏就应在我身上了。那天午后一点多钟，刚刚又拉了一趟活儿的我正喜滋滋地抄近道赶着回家吃饭，不知是我走神了还是该着我倒霉，迷迷瞪瞪的就把车开上了人行道。当我猛地发现车前正走着一位老太太时，我才意识到自己要闯祸了。不好，脚便条件反射地狠狠压在了刹车上。“吱”了一声，“呼”的一响，车停了，老太太也倒在了地上。我清楚地看见，老太太在倒地前的一瞬间，回过头来狠狠地看了我一眼。

当我跳下车抱起老太太时，老太太已昏迷了过去。喊了几声不见老太太有反应，我的心一下子就凉了。完了，我妈的手术还没动呢，我倒先把别的老太太给撞了。老太太真要是被我撞死了，我妈得陪着一块儿去。怎么办？我发现此时四周一个人影儿也没有，一个想法便闪在我脑海中。跑。对，来个人不知鬼不觉。脑子这么想，可迈不开腿，一个声音也在耳边响：你还算人吗？眼前要是你的母亲你也这样么？天下的母亲都是我们的母亲啊……我不由得打了几个冷战，汗更多了，容不得再想什么，我立即将老太太抱上了车向附近医院开了去。

在医生的抢救下，老太太很快苏醒了过来。还算走运，老太太只是折断了一条腿，别的地方什么事也没有。老太太望着我，一直是满脸的微笑但却一言不发。可我却感到这笑中藏着什么。

一个大汉走了进来。大汉看了我两眼后走近老太太，说："妈，您还记得撞您那人什么模样吗？你仔细想想，一会儿警察来了您就跟他们说，那几个警察都是我的朋友。"

听大汉说完这话，我的心猛地一阵跳，便觉得还是自己先说出真相为好，要是让老太太指出是我撞的，警察饶不了我不说，大汉也得把我揍扁了。于是我赶紧对大汉说："大哥，我……"

老太太急忙拦住了我的话，指着我对她儿子说："对，就是这位司机救的我。不然，我的命早交代了。"

我正怀疑是不是我的耳朵出了毛病时，那大汉一把就握住了我的手，感动了半天才说："兄弟，我、我什么也不说了。你的救母之恩，我一定会报的。"

"我，哎，你听我说，我……"我的话没说完，又被大汉给拦了回去，说："什么也别说了。兄弟，把你的姓名和地址写给我，过后我一定登门重谢。"大汉说着开始在包里找笔，这时我脑海里又闪出了一个念头，还

留什么姓名地址啊，老太太既然没记住我，溜吧。一会警察来了，想溜都溜不成了。想到这儿我边往外走边对大汉说："好好照顾大妈，我走了。"说完我逃也似的冲出了医院。

在回家的路上，开始我还觉得这事儿挺走运，老太太不但没认出是我撞的，还把我当成了救命恩人。可到了晚上，心里就踏实不下来了，就想起了母亲常对我说的话：什么时候都要心里干净。心里有鬼的人，迟早会出事的。对呀，母亲说得对呀。于是我下了决心，第二天一定要到医院向老太太的儿子说清楚。

第二天，我拿了一堆补品和5000块钱，早早就来到了医院。可巧，就老太太一人在。老太太见是我，挺生气地说："你怎么又来了？"

"大妈，您、您知道我是谁吗？"我说。

老太太说："知道。孩子，大妈不糊涂，眼睛也好使。看得出，你的心不坏。"

"那、那您为什么不说出真相呢？"我不解地问。

"孩子，你能及时把我送到医院，就足以证明你是个好孩子，我就知足了。我哪能因为你的一次失误，而误了你的前程呢。说不定，好多要紧的事正等着你去做呢。天下做父母的，都是这个样子……"

我的泪水早已止不住地流了下来，我忘情地叫了一声"妈"，便把头扎在了老太太的怀中，失声痛哭起来。

可亲可敬的母爱 ◎ 汝荣兴

一位是"我"的母亲，一位是被"我"开的车撞伤了的别人的母亲，一位母亲安排在暗线中，一位母亲出现于明线里，两位母亲分别又同时用她们的言语和行动，用她们的正直和善良，深深地教育了"我"，甚至可以说是挽救了"我"，使"我"到底懂得了究竟该怎样做人——这篇作品紧扣住"天下母亲"的题旨，在有限的篇幅里详略有致地成功塑造了两位母亲的形象，从而十分巧妙又十分自然地突出了“天下母亲”那可亲又可敬的相同与相通之处。

父亲临行前那几句朴实的嘱托，也让我们感受到了父亲对儿子的慈爱和关心，让人倍觉温暖。

父亲到城里住几天

于心亮

父亲要到城里住几天。

儿子逮这个机会小心翼翼跟媳妇说了。媳妇说：愿来，来呗。儿就放了心。放了心，却忍不住叮嘱：爹一辈子在农村，有些地方，你忍让些。媳妇就白了儿子一眼。

父亲就来了，把儿子和媳妇欢喜得不行。

父亲也欢喜得不行，捧着脚丫子乐乐地和儿子媳妇说半天，喉咙一痒，要吐痰。儿子和媳妇惊恐地瞅着父亲的嘴，却见父亲一仰脖，吞了。媳妇赶紧躲了，去做饭。剩下儿子热热地伴父亲说话，说老街的某某某啦，说某某某的啥啥啥啦，很多。

饭菜很丰盛。父亲让儿子给自己攒了一碗，然后端着蹲到门口去吃。儿媳说：爸，坐到桌前来嘛。父亲说：蹲了一辈子，习惯了。儿媳还要劝，儿却赶紧端上一碗，也蹲到门口去，慢悠悠地拣来些话，东一句西一句地聊，很滋润。

儿想父亲应该洗个澡，解解乏。父亲说：俺身子干净哩，来之前，塘里浸了半天。儿就没再言语。临近上床前，父亲看看儿媳预备下的被褥，沉吟半晌，说：还是洗一洗吧。儿帮父亲搓澡，搓下一点儿灰。父亲就很羞涩：俺真洗了澡呢，抹了塘沙搓呢。儿说：爹不是讲，人是泥做的么，咋样洗，也有灰。父亲说：那是。于是，澡盆里，父亲安稳了。

父亲睡了一宿觉，睡得很好。翌日晨起趴在阳台前看楼下老人拎着鸟笼慢慢走过。父亲就叹气：圈在笼里，没灵性呢。看了半天，父亲又偷偷拉住儿子说：我瞧见日头是从西方升起的，看来我是掉向了。这事，别跟你媳妇说。儿子就很郑重地点头。踱到厨房里，儿说：剩饭要倒，倒到外面去，省得爹看见。

吃饭时，父亲还是问了：昨儿的呢？

儿媳灵巧地答：来了要饭的，给他了。

爹说噢。低下头扒饭。

下班回到家，儿子发现父亲不见了，四下里找，瞧见父亲正蹲在楼下鼓捣泥土，好好的一块草坪，被父亲用炒菜铲子铲掉大半。儿子叫声苦，忙跑下楼去。父亲见儿子跑来，父亲就很高兴：我种了一些芸豆，还有青菜，省得到时你要花钱买。儿子这才想起，父亲不管走到哪里，衣兜里总忘不了带着一些种子。儿子就挤出些笑容在脸上——牙疼似的咧着嘴。儿子担心父亲把余下的草坪也铲掉。父亲却不了。父亲说：种多了，你们也吃不完，浪费，剩下的地，让旁人开点荒吧，咱不能吃独食，是吧？儿就很郑重很郑重地点头。

父亲让儿子陪着看了许多地方。父亲惊奇在眼里，脸上却是安安坦

坦，一副见多识广的样子。人多的地方，就更少言语，顶多点点头，或是摇摇头。但父亲心里，却在想，回去后，可得在那些老伙计面前好好白话白话了。

住了几日，父亲就盘算着要回去了。儿子劝阻一番，父亲只是说不添麻烦了。并且，父亲叮嘱儿：一要添个娃娃了，没有孩子，哪像个家？二要节俭着生活，不要因为成了城市人，就大手大脚的；三是楼下的菜地要注意浇水施肥，小孩子偷菜，莫计较。儿就很郑重很郑重地点头。

儿给了父亲100块钱。儿子偷偷地说：爹，把这钱送给你儿媳吧，就说是你做公公的一点儿心意。父亲就颤了一颤，钞票于是在父亲手上一失足，滑到地面上。父亲就蹲下去捡，儿子也去捡，你捡我也捡，就让父亲捡到了。父亲把钞票抚在手里，拍了拍儿子，又拍了拍儿子。

送父亲上了车。回去的路上，媳妇很满意地说：你爸不错，临了，给了我100块钱。儿就点点头，笑一笑。

媳妇把父亲用过的东西拿消毒液泡。儿想看会儿书，翻翻，却翻出100块钱。儿抚抚平，又抚抚平，就把书扣到眼睛上。

这100块钱，儿子始终当做书签夹在书里，没敢花。

当成书签的爱 ◎安 勇

一位农民父亲到城里的儿子家来住几天，这本来是一件非常平常的小事，但在这篇小说里我们却体会到了父子间那种让人感动的默契和深情。小说里的儿子非常了解自己的父亲，也非常尊重父亲的生活习惯，处处都对父亲关照有加。甚至就连在倒掉剩饭的小事上，也表现得心细如发。而父亲临行前那几句朴实的嘱托，也让我们感受到了父亲对儿子的慈爱和关心，让人倍觉温暖。在小说结尾处，儿子给父亲的一百块钱，更让人看到了父子二人紧紧贴在一起的两颗心。我想，儿子最后把那一百块钱夹在书里，更多的是对父亲的一种思念，和对父子间那份情感的收藏吧！

这篇作品以一个充分生活化又有着如晴天霹雳一般陡然转折的情节的故事，写出了母爱那百分之一百的纯度。

母爱不打折

云紫雪

只一眼，她就看中了那双鞋。

那双鞋虽然不是很高档，但做工细致，样式也好，整体给人感觉不错，正是母亲最喜欢的类型。

小时候，明朗的星空下，她看着妈妈嫩白小巧的脚说，妈妈的脚真好看。

妈妈笑笑说，妈妈这一生最骄傲的就是有你这个乖女儿，再就是有这双好看的脚。

妈妈，等我挣钱了，一定先给你买双漂亮的皮鞋。她用稚气的声音认真地说。

今天，刚从老师手中接过奖学金，她就迫不及待地跑到鞋城。学鞋业设计的，当然对这个地方再熟悉不过，但平日都是为了学业，只是参观，而今天是为给妈妈买鞋，为表达她对妈妈的爱，感觉自然不同。她仔细谨慎地挑选着，不厌其烦地否定了一双又一双鞋，直到看到那双鞋。

她看看标价：180 元。从专业的角度看，定价并不算高，确是物有所值。她捏了捏口袋里的 200 元钱，心中有些不舍，这款鞋刚刚上市，按照行情，不久就会打折，那时买可以省下更多的钱。可是，自己说过一有钱就给妈妈买鞋，为了打折而推迟，似乎有损自己的心意。犹豫再三，她终于下定决心：再等一段时间。毕竟自己还没有太多的钱，母亲会谅解我的。她这样想着，心安理得地离开了。

再去鞋城参观，她总是最先留意那双鞋。朋友知道她的心意后，感动地说，你真懂事，你妈妈真幸福！她心中一阵甜蜜，自豪涌上心头。她想，我是妈妈的宝贝，我爱妈妈，我比同龄人更懂得母爱。想到此，她快乐地笑了，觉得自己挺伟大，禁不住又多看了几眼那双鞋，那双鞋好像更美更亮了。

果然，没到一个月，那双鞋就打出了 8 折的标签。同学刚带回消息，她便一口气冲到了鞋城，拿起那双看了无数次的鞋，递上早已准备好的钱。回校的路上，她提着鞋，想着妈妈的笑脸，抑制不住心中的喜悦，恨不能立刻飞到妈妈面前。每走一步，她都觉得离妈妈更近了，她甚至仿佛看到妈妈惊喜得含泪看着她说，乖女儿，你长大了！她快乐地对自己说，明天就是周末，我一定赶上头班车回家，好让妈妈早点高兴。

我回来了！未到寝室她就兴冲冲地喊。推开门，迎接她的是室友凝重的脸，未等她问，就说，小雪，你妈妈出车祸了，在××医院。如晴天霹雳惊掉了她手中的鞋子，她发疯似的跑出去。

赶到医院，只看到爸爸悲痛的脸，妈妈已被送入太平间……

她直直望着面前的两双鞋，样式一模一样，不同的只是颜色，一双红得像心，一双黑得像夜。黑的当然是她要送给妈妈的礼物，红的是妈妈遗留给她的最后的爱。

“你妈早早赶上头班车就是为了给你送鞋子。这双鞋是昨天刚进入县城的新款，你妈一见就爱不释手，说你一定喜欢，180，你妈毫不犹豫就付了钱。不想竟会碰巧遇上车祸，你妈临死前还一直紧紧抱着这双鞋……”阿姨的话犹在耳边。

她悔恨地责怪自己，如果自己不是等着打折；如果自己可以像妈妈一样干脆；如果……

结局已经注定，再多如果也枉然！

母爱不打折！她明白时已经迟了……

纯净的母爱 ◎ 汝荣兴

为买一双皮鞋，她的“犹疑再三”与妈妈的“毫不犹疑”，显然是一种鲜明又强烈的对比。当然，就连我们也都很有理由为她的“犹疑再三”作出解释。然而，比照妈妈的“毫不犹疑”，在那“不打折”的母爱面前，我们又都不禁要一齐“责怪”她，责怪她实在不该因自己的不干脆而让妈妈付出生命的代价……这篇作品以一个充分生活化又有着如晴天霹雳一般陡然转折的情节的故事，写出了母爱那百分之一百的纯度。

我们是娘的心头肉，却永远是母亲最难舍的情怀。

1960 年的冰糕

修祥明

1960 年，中国和我们家都很贫穷。

那年夏天的一支 5 分钱的冰糕在我的心中至今没有化去，是因为在那个贫穷的村庄里，我们家是最穷的一户人家。旁人家的孩子每年都会吃上一支或者几支冰糕，而我长到 9 岁了，还没尝到冰糕的味道呢。每当我向母亲要钱买冰糕时，母亲说："冰糕有什么好吃的，不就是一些结成冰的糖水吗？"当我哭着恳求时，母亲会哀叹一声，眼里闪着泪光说："孩子，家里卖鸡蛋存下的钱，你该知道有几块几毛，油盐酱醋，还有你们兄弟几个念书的学费都要从这里出，逼得没有法子，我只有去跳井！"

我馋冰糕吃，但我更爱母亲，哪能让母亲去跳井，这个世界上她是我最最亲爱的人啊！从此，在街上见了卖冰糕的人，我会转身走远，看到邻居的孩子吃冰糕那甜美和得意的样子，我也会扭头走开，不让他们看到我害馋的涎水和泪光。

1960 年的夏天特别酷热，偏在这时我重重地感冒了，用母亲的话说，我的额头像块烧热的铁板似的。那年月，庄户人有了这些头疼脑热的病，用双手推拿不见效果才会买药吃。但我的感冒在推拿和吃药后，仍高烧不退，把我烧得迷迷糊糊，像要死过去似的。

母亲给我擀了一碗面条，这是像模像样的节日才能吃到的美食，母亲把面条喂进我的嘴里，却被我吐了出来；母亲又去炒了两个鸡蛋，这是伺候客人母亲才舍得炒的一道好菜，母亲把它端到我身前，却被我推开："快把它拿走，我闻着恶心！"说着，我就呕吐出空空的肠胃中的一点清水来。

母亲害怕了："孩子，不吃东西哪行，这样下去，真能把人烧死，吓死我了，孩子，想吃什么你就说，不管什么贵重的东西，只要你想吃，钻天拱地我也想法给你去弄来。"

口干舌燥的我，迷糊中听清了母亲的这句话，顺口说道："娘，我想吃冰糕。"说完了，我立刻后悔了，就睁开眼望着母亲，我想，母亲又要说去跳井这句话了。

出乎我的意料，母亲没有说要去跳井，也没有哀叹，而是爽快地从抽屉里拿出包钱的那块小手帕拣出了 5 分钱说："好，孩子，我这就到集上给你去买。"

我说："娘，不用买了，留着那 5 分钱买油和盐吧。"母亲摇头说："孩子，不用说 5 分钱，现在你想吃的东西，就是把家里的东西全卖光

了，我也舍得。你是娘的心头肉，如果有人拿世界上所有的钱来换你，我也不舍得。”

见母亲这样坚决，我的病像一下子好了许多似的，像个爆竹般从炕上跳下来，拿过母亲手中的5分钱，拔腿朝集上跑了去……

从卖冰糕的人手中接过冰糕，我的高烧像忽然间飞走了，浑身轻快了许多。啊，凉凉的冰糕，捧到你是这般美好的感觉，吃到你的滋味一定是天底下最享受的事情了！

当然，我要和母亲一起来吃这支冰糕。母亲疼我，我也该想着母亲。母亲说，她活了四十几岁还没尝到冰糕的味道。集市离我们家有一公里，跑到一半的路程时，冰糕水从那层薄纸缝里流了出来，我只好把它舔到嘴里去——凉凉的、甜甜的冰糕立刻爽透了我的全身，我加快步子向村子奔去……

然而，跑上村南的那个土坡时，半截冰糕脱离冰棒掉到地上，我的心像被猫爪抓了一下似的，望着土堆里那半截冰糕，我心疼地流下一串串泪水，只好捧着剩下的半截冰糕向村内飞奔。

母亲在门口迎候着我。我把手中残存的一点冰糕往母亲身前递去说：“娘，你尝尝，冰糕真甜，快点！”

母亲的眼里闪着温暖和欣慰的光芒，说：“孩子，你没在集上把它全吃了？”

我说：“没有，娘，我只舔了点化了的水尝了尝，我想回家和你一起吃。”

母亲既震惊又疼惜地浑身打了个哆嗦，问我：“什么，孩子，你让冰糕在路上化掉了？”

我把手中仅有的一点冰糕粒放到母亲的嘴边说：“娘，快吃，要不全化了。”

母亲用舌尖舔了舔那冰糕粒，然后把冰糕粒塞进我的嘴里，将我紧紧地搂进怀里说：“有你这么懂事的孩子，我这辈子活得值得！”辛酸而又温暖的泪水，小溪般在我们母子两人的脸上飞翔着。

1960年夏日晌午的那支5分钱的冰糕，就这样永远地凝结在我的记忆中……

难舍的情怀 ◎ 汝荣兴

应该说，作品中的“我”确实是个能令他的母亲“温暖和欣慰”的“懂事的孩子”，而更让人动情并令人难忘的，则还是“我”的母亲，那位纵然曾为“我”想吃冰糕的事说过要去“跳井”的话，最终却又为“我”而“钻天拱地我也想法给你去弄来”的母亲。事实上，虽然我们的母亲也难免会有不满足我们的要求的时候，特别是在艰难困苦的条件下，但我们是娘的心头肉，却永远是母亲最难舍的情怀。是的，这是一个辛酸而又温暖的故事。

索尔德眼睁睁地看到儿子沉没在湖中后，他彻底改变了对人生和金钱的认识，拿出一大笔钱捐献给穷人。

索尔德

[挪威]比昂松　黄　峻/译

故事中要讲的这个人，是他所属的教区中最富有、也是最有影响的人，名叫索尔德·奥弗拉斯。一天，他来到牧师的书房，神情肃穆，趾高气扬。

“我生了个儿子，”他说，“我想带他来接受洗礼。”

“他取什么名字？”

“芬恩——仿照我父亲的名字。”

“教父母是谁？”

名字说了出来，是索尔德在这个教区的亲属中被认为是最合适的人。

“还有什么事吗？”牧师抬头问道，农夫迟疑了一会儿。

“我很想让他能单独接受洗礼。”

“这么说要在礼拜天以外的日子了。”

“就在下星期六，中午 12 点。”

“还有什么？”牧师问。

“没什么了。”农夫摆弄着他的帽子，仿佛就要离去。

这时牧师站了起来。“还有一件事，”他说着便向索尔德走去，拿起他的手，庄重地凝视着他的眼睛，“上帝断定这孩子会给你带来幸福的！”

16 年后的一天，索尔德又一次站在牧师的书房里。

“真的，索尔德，你保养得这么好真令人吃惊。”牧师说道，因为他看到索尔德几乎没有任何变化。

“这是因为我无忧无虑。”索尔德回答说。

牧师对此没说什么。过了一会儿，他问：“今晚有何贵干？”

“今晚是为我儿子来的，他明天要来行按手礼。”

“他是个聪明的孩子。”

“在没听到明天他在教堂里排列的次序之前，我不会把钱付给牧师的。”

“他将名列第一。”

“这么说我听到了，这是给你的 10 块钱。”

“还有什么事要我做吗？”牧师问道，他两眼注视着索尔德。

“没了。”

索尔德向外走去。

又过了 8 年。一天，牧师的书房外传来了一阵喧闹声，因为来了不少人。索尔德走在人群的前面，第一个进入书房。

牧师抬起来，认出了索尔德。

“今晚随你来的人很多，索尔德。”他说。

“我来这儿是请求为我儿子公布结婚预告的。他马上要迎娶古德蒙特的女儿卡伦·斯托莉迪，她就站在我儿子的身旁。”

“呵，她可是教区里最富有的姑娘。”

“大伙也都这么说。”农夫回答说，一只手把头发向后掠了掠。

牧师坐了片刻，似乎在沉思，随后把名字写在簿子上，没再吭声了。他们在名字的下面签了字。索尔德把 3 块钱放在桌上。

“一块钱就够了。”牧师说。

“我完全清楚，不过他是我的独子，我想把事情办得体面些。”

牧师拿起钱。

“索尔德，这是你第三次为你儿子来这儿了。”

“如今我总算了结了心事。”索尔德说，他扣上钱包便道别了。

人们缓缓地跟在他的后面。

两星期后的一天，风平浪静，父子划船过湖，为筹办婚礼前往斯托利登。

“座板放得不牢。”儿子说着便站了起来，把他坐的那块座板放直。

就在这时，他从船舷上一滑，双手一伸，发出一声尖叫，落入湖中。

“抓住桨！”父亲嚷着，旋即站起来递出船桨。

可是儿子经过一番挣扎后，不再动弹了。

“等一等！”父亲叫道，开始把船向儿子那儿划去。

儿子这时仰浮了上来，久久地向他父亲看了最后一眼，沉没下去。

索尔德简直不相信会有这种事，他把船稳住，死死盯住他儿子的没顶之处，好像他一定还会露出水面。湖面上泛起了一些泡沫，接着又是一些，最后一个大气泡破裂了，湖面上水平如镜。

人们看见这位父亲绕着这块地方划了三天三夜，不吃不喝，目不交睫。

他一直在湖中荡来荡去，寻找他儿子的尸体。直到第四天早晨，他找到了。他双手捧着儿子的尸体，越过丘陵向家园走去。

大约一年后，一个秋天的黄昏，牧师听到门外的走廊上有人在小心翼翼

摸索着门闩的声音。他打开大门，一个身材高大、瘦骨嶙峋的男人走了进来。他弯腰曲背，满头银丝。牧师看了很久才把他认了出来，是索尔德。

“这么晚还出来？”牧师木然不动地立在他的面前问道。

“呵，是的！是晚了。”索尔德边说边坐了下来。

牧师也坐下了，似乎在等待着。接着，一阵长时间的沉默。索尔德终于说道：

“我带了些钱想送给穷人，我想把它作为我儿子的遗赠献出去。”

他站起来把钱放在桌上，又坐了下去。

牧师数了数。

“这笔钱数目很大。”他说道。

“是我庄园一半的价钱。我今天早上把庄园卖了。”

牧师坐在那儿，沉吟了许久。最后，他轻声问道：

“索尔德，你现在打算做什么呢？”

“做些好事。”

他们坐了一会儿，索尔德双目低垂，牧师目不转睛地盯着他。没多久，牧师说道，声音温存而缓慢：

“我想你的儿子最终给你带来了真正的幸福。”

“是的，我自己也这么想。”索尔德说着抬起了头，两大滴泪珠慢慢地沿着脸颊流了下来。

真正的幸福 ◎安 勇

在儿子出事之前，富有的索尔德一直在用钱给儿子铺平生活的道路。那时，在他眼里，钱就是无所不能的敲门砖，能轻易地帮儿子敲开一扇扇门。我们看到，从他的儿子行“按手礼”到结婚，索尔德的钱一直在像他想象的那样发挥着作用。但当有一天，索尔德眼睁睁地看到儿子沉没在湖中后，他彻底改变了对人生和金钱的认识，拿出一大笔钱捐献给穷人。因为他终于明白了，他再富有，他的钱再多，也不可能买回儿子的生命。我想，牧师的话说得没错，是索尔德的儿子最终给他带来了真正的幸福，这幸福与金钱无关，它来源于一个人的内心世界的美好，它让一个人的灵魂更加纯洁，更加高尚。

所谓“儿不嫌母丑”，邢阳你难道就一点都不觉得自己实在是不应该么？

获金奖的丑娘照片

李 想

从懂事那天开始，一直到大学毕业，邢阳拒绝同学到他家里玩，也从不让娘到学校去找他。

娘长得太丑，怕同学们因此耻笑他。

邢阳的父亲死得早，家里的日子过得饥一顿饱一顿的，娘身上那件灰不溜秋的衣裳，从冬穿到夏，又从春穿到秋。可邢阳的衣着总穿得周武郑王的。刑阳就有点不好意思，说娘：“娘，你也别穿得尽破了，该添件衣服了。”

娘就笑笑，说：“娘穿恁好的衣服有啥用？不像我儿，是学生，是往人前站的人，穿得差了，别人还不笑话你？”

邢阳考上了大学，家里却凑不足学费，娘俩脸对脸抹了一天泪。临报到的前一天晚上，娘打发邢阳睡下，说：“我儿别急，啊，娘想办法给你弄学费。”

娘出门了，走进村头上老光棍的屋子。娘回来的时候，眼睛红红的，把一沓破破烂烂的钱放到邢阳手里，跟着就瘫倒在堂屋地上，哭得鼻子一把泪一把。

邢阳很为娘争气，大学毕业进了省报当摄影记者，常有作品在省内外发表。在画报社当编辑的同学向邢阳约稿，要他根据油画《父亲》走红的路子，拍一幅《母亲》照片。

邢阳还真拍了，不过拍的是二婶。二婶长得有模有样的，拍出来的照片当然错不了。但是当编辑的同学说不行，缺少内涵。邢阳就想："我拍得不错呀，从角度到用光，直到抓拍时机，似乎都无可挑剔，怎么会不用呢？"

过年回家的时候，娘穿得新新的，老在邢阳面前晃来晃去，还不时摸摸邢阳带回来的照相机，几次欲言又止，话到嘴边又咽了回去。

"娘，有事你就说吧。"邢阳为娘抻抻衣襟。

"娘想……娘想……"娘眼里有一抹为难，又有一种渴望，还有一种羞涩。

娘说，她想让邢阳给照张相。

于是，娘穿戴一新，衣服熨熨帖帖的，头发梳了一遍又一遍，还蘸水抿抿。坐到相机前，娘却又犹豫了，说："要不，不照了吧，娘长得太丑了。"

邢阳忙说："照吧，照吧，娘不丑。"

照片洗了两张，邢阳给娘寄去一张，另一张被他藏在文件柜的最底层，然后把底版销毁了。

隔不多长时间，娘的这张照片却刊登在画报的封二上，占了整整一个页码。邢阳这才想起，前不久，那个在画报社当编辑的同学来过他这里，似乎翻过他存有娘照片的文件柜。

又不久，邢阳接到那位同学的电话，告诉他："《母亲》这幅摄影作品获得本次大赛的金奖。"

邢阳捧着那本画报看了许久，始终没有看出来《母亲》这幅摄影作品好在哪里，更想不清楚，为什么会获得金奖。

最美的照片，最美的娘 ◎ 汝荣兴

娘丑么？也许娘真的长得很丑。但我们在这篇作品中所看到的，又分明是一位很美很美、美得足以使她的照片获得金奖的母亲形象——那是因为娘有着比长相更重要的美丽的心灵，那是因为在娘的忍辱负重中体现着一位母亲最宽广的胸怀和最崇高的情操。但令人遗憾的，是身为省报摄影记者的邢阳，居然“始终没有看出来”自己母亲的照片到底好在哪里。哦，所谓儿不嫌母丑，邢阳你难道就一点都不觉得自己实在是不应该么？

虽然我们所身处的是一个“变幻莫测的时代”，但我们绝对不能变幻对父辈们的理解与敬爱，父辈们需要的是我们的温柔而不是我们的冷漠与理智。

儿子的旋律

徐 平

儿子下班了，父亲紧张地数着儿子的脚步声。果然儿子“啪”地开了门。父亲默默地看着他。儿子没有看父亲，似乎点了个头，往自己卧室边走边脱外套。

收录机又响了。儿子！

两人面对面准备吃饭。儿子在撬午餐肉。父亲从儿子脸上看不出什

么异常。

父亲一字一句：

“我被免职了。明天宣布。”

儿子猛地扬起脸。父亲没有在这稍纵即逝的惊讶里看到别的什么。没有怜悯没有安慰也没有懊恼。儿子手不停：“你也需要休息了。”

父亲感到胸闷气短。他盯着儿子。儿子的手健美粗大血管里青春在跃动。

儿子一声不吭。父亲没有说话也不再盯着儿子。他感到儿子匆匆搁筷，找衣服，又跨进卫生间。马上，水声“哗啦哗啦”，跟着儿子的歌声高高扬起，声音温存自信，旋律跳荡。

儿子！儿子！儿子！

儿子你在想什么？你大了不再崇拜父亲，你越来越沉默，你不再抱怨父亲呆板僵化，不再为各种政治问题与父亲争论不休，也不再说父亲刚愎自用。儿子，你甚至看不起父亲。可父亲这样子你还是无动于衷吗？这就是这一代的冷漠与理智？你匆匆吃饭洗澡是因为那打字员在等你去看歌剧？可是儿子，我从来没有像现在这样需要你啊。我的官龄比你年龄还大一圈……

电视在播相声。父亲茫然四顾时才发现儿子并未出门，而是坐在他身后看书。父亲不由纳闷：打字员前天就订了票，还兴冲冲问他是否同去。

父亲彻夜来回踱步，儿子也辗转反侧。父亲老了，他的一切都老了。曾和父亲这一辈很协调的背景已走向薄暮黄昏。这是变幻莫测的时代，不是仅仅需要热血赤诚的岁月。

早上儿子起得很早，父亲晨练回来，儿子已准备好早餐。收录机照样开着，而且旋律明亮欢跃。

父子俩依然沉默着洗漱用餐。儿子几次似乎要开口，父亲沉下心微颤地期待着，儿子却什么也没有说。

父亲佝偻着进卧室更衣。儿子不知什么时候在身后捧着一套西装。

“穿这精神。——是去开宣布会吗？”儿子又拿过领带走到父亲跟前。父亲迟疑着。

“我给你打。”儿子看着父亲。温柔的手像父亲过世的妻子。父亲心紧成一团。

“行吗？”儿子侧侧身。

父亲和儿子一起看着穿衣镜。沉默着，父亲凝视儿子的眼睛，儿子也凝视着父亲。儿子对着镜子：

“一夜之间你衰老许多，”儿子声音低沉、温柔，“可我一直为你感到骄傲，为你一辈子正直无私，一辈子对信仰的忠诚。你尽力了。”

父亲心潮翻涌。肩头上儿子的手十分有力。他感到心中自信像空气注入瘪气球一样迅速饱满地回归。

最后接送父亲的小汽车在笛笛呼唤，父亲走到门口又折回头：“昨晚干吗不去找她？”

儿子沉默了一会儿：“分手了。”

“因为……我下台？”

“大概——但这没关系。”

儿子！儿子！儿子！

父亲老泪闪烁。儿子把双手搭在父亲肩上，笑道：“结束，意味着新的开始。我很高兴不再有你的耀目光环笼罩我的光彩——你说呢？”

儿子！儿子！你可以把收录机再开大点。

让旋律高奏 ◎汝荣兴

这是一篇从一位被免职了的父亲的视角，去写“儿子的旋律”的作品。这又是一篇以儿子那“明亮欢跃”的旋律，去表现父亲“一辈子正直无私、一辈子对信仰忠诚”的作品。与此同时，作品还通过父亲那紧张的心理活动及其老泪闪烁，告诉做儿女的我们：虽然我们所身处的是一个“变幻莫测的时代”，但我们绝对不能变幻对父辈们的理解与敬爱，父辈

们需要的是我们的温柔而不是我们的冷漠与理智。很显然，作品中的儿子已做到了这些，那么我们呢？

如果我们的孩子是一棵杨树，我们就不要强迫他长成一棵柏树。

木匠的儿子

程世伟

马木匠的儿子怕血。这使他有办法催儿子弹钢琴了。那天，马木匠边磨刨刃边催儿子弹琴，连叫三声，儿子仍不动。小家伙正用铅笔往木板上画着什么。马木匠喊第四声时，他的拇指被锋利的刨刃碰出了血。马木匠用嘴去吮，两唇立刻染成红色。儿子放下手中的笔，愣愣地瞅，然后乖乖地弹钢琴去了。这下马木匠省了不少事，不然他有可能喊第五声第六声……最后把儿子揪到钢琴前，再替他打开琴盖，拿出应弹的谱子……总之要费好多事。马木匠发现自儿子学钢琴以来头一次这样自觉。他想，如果儿子见到血就去弹琴，那真是妙极了，要比打孩子的办法强得多。儿子挨打后自然会弹琴，但效果不佳，一边呜咽，一边按键，常把谱子搞错。马木匠决定用流血的办法督促儿子弹钢琴。

马木匠不想让儿子再干木匠了，尽管这门手艺已在他家传了四代。马木匠用了全部

积蓄给儿子买了一架钢琴。马木匠是在一位教授家做木凳时听说钢琴是贵族乐器的,他决定让儿子学钢琴。

马木匠慢慢拿出刨刃走到儿子身边。儿子正专心做一把木枪。他从儿子手中夺过木枪,将刨刃立在左臂上,说:“从现在起,让你弹琴,你就要认真去练。不然,这东西就要割爸爸的肉。”儿子不懂老子的话,只管去抢那木枪。马木匠见儿子仍不动地方,真的在刨刃上用了力,鲜红的血立刻涌出皮肤。开始儿子只是傻傻地看,接着杀猪般地奔向钢琴。马木匠用湿毛巾擦去臂上的血,站在儿子身后欣赏儿子弹琴。琴键上两只小手不停地跑动,时而腾出一只手抹去面颊上的眼泪。马木匠拍拍儿子的肩,说:“以后让你弹,你马上就弹,不要……”儿子突然转过身,握着拳吼道:“不弹!不弹!永远不弹了!”

这是马木匠完全没有料到的事,愤怒的火焰直冲到马木匠的喉头。他转身操起一根桌腿粗的方木,狠狠朝钢琴砸去。儿子真正地吓傻了,蜷曲着身子躲在墙角发抖。马木匠没有打儿子,却连续向钢琴猛劈,直至孩子妈跑进来。钢琴表面木板均已零碎,孩子妈心疼地坐地大哭。

钢琴不能再学下去了。马木匠承认自己做了一个钢琴梦。待冷静下来一算,3 年来仅学费一项就花掉 2000 元人民币。

马木匠决定卖掉砸坏的钢琴,价格多少不妨,免得看见它生气。星期六晚上,马木匠就领来了买主,但给的价钱实在可怜,尽管马木匠连说,里面的机器没坏。买主却只给 1000 元,多一分不要。

第二天下班,马木匠连澡都没来得及洗便坐着买主开来的汽车回家拉琴了。老马推开家门,一个奇迹出现了:一架完好无损的钢琴立在那里。马木匠惊呆了,买琴人惊呆了。只有木匠妻在一边微微地笑。她告诉丈夫,钢琴是儿子修复的……马木匠弯下腰用那双粗糙的手仔细摸着钢琴,最后走到儿子身边,抱起他的头,猛烈地亲起来。买琴人在一边问:“他是你儿子?”马木匠骄傲地说:“是的,一个木匠的儿子,他只有 10 岁。”

让孩子自由成才 ◎安 勇

据我观察，像这篇小说里马木匠这样的父母，在生活中比比皆是。他们望子成龙、望女成凤，在下一代的身上倾注了非常多的期望和心血。他们的孩子也在父母为自己设计好的人生道路上不停地努力着，或弹琴、或画画、或学舞蹈……但孩子们在父母的重压下，取得的成绩却往往不尽如人意，甚至有些还会产生很重的心理负担。归根结底，只有一个原因，父母虽然渴望自己的孩子成才，却忽视了因材施教的道理。其实，每个人都有一把成功的钥匙，关键在于是否能找对锁。就像马木匠的儿子，他虽然不喜欢弹琴，但却是个非常有天赋的好木匠。如果我们的孩子是一棵杨树，我们就不要强迫他长成一棵柏树。因为不管是杨树还是柏树，都一样出色，一样美丽。

听了农妇那句“汤是不该糟蹋的，里面放有盐呢”之后，我们却是更强烈地感受到了那位“活活地给人把心挖去了”的母亲的悲哀之深——她的瓦西亚很可能是由于连这样的白菜汤都喝不上才死去的呀！

白菜汤

[俄]伊·谢·屠格涅夫

一个农家的寡妇死掉了她的独子，这个20岁的青年是全村庄里最好的工人。

农妇的不幸遭遇被地主太太知道了。太太便在那儿子下葬的那一天去探问他的母亲。

那母亲在家里。

她站在小屋的中央，在一张桌子前面，伸着右手，不慌不忙地从一只漆黑的锅底舀起稀薄的白菜汤来，一调羹一调羹地吞到肚里去，她的左手无力地垂在腰间。

她的脸颊很消瘦，颜色也阴暗，眼睛红肿着……然而她的身子却挺得笔直，像在教堂里一样。

“呵，天呀！”太太想道，“她在这种时候还能够吃东西！……她们这种人真是心肠硬！”

这时候太太记起来了：几年前她死掉了9岁的小女儿以后，她很悲

痛，她不肯住到彼得堡郊外美丽的别墅去，她宁愿在城里度过整个夏天，然而这个女人却还继续在喝她的白菜汤。

太太到底忍不住了。“达地安娜，”她说，“啊呀，你真叫我吃惊！难道你真的不喜欢你儿子吗？你怎么还有这样好的胃口？你怎么还能够喝这白菜汤？”

“我的瓦西亚死了，”妇人安静地说，悲哀的眼泪又沿着她憔悴的脸颊流下来，“自然我的日子也完了，我活活地给人把心挖了去。然而汤是不该糟踏的，里面放有盐呢。”

太太只是耸了耸肩，就走开了。在她看来，盐是不值钱的东西。

母亲的悲凉 ◎ 汝荣兴

这是一篇充满着生活的悲哀的作品，这种悲哀既表现在“农家的寡妇死掉了她的独子”上，更表现在那个农妇的“不慌不忙地从一只漆黑的锅底舀起稀薄的白菜汤来”喝上。是的，在始终觉得“盐是不值钱的东西”的地主太太眼里，那农妇“在这种时候还能够吃东西”，实在是“心肠硬”的表现。但在听了农妇那句“汤是不该糟蹋的，里面放有盐呢”之后，我们却是更强烈地感受到了那位“活活地给人把心挖去了”的母亲的悲哀之深——她的瓦西亚很可能是由于连这样的白菜汤都喝不上才死去的呀！

他们的心还是连在一处的，不管是父亲还是儿子，都无时无刻不在默默地关心着对方。

请父亲吃饭

陈韶华

请父亲吃饭，怎样请父亲吃顿饭，长久以来，一直是我的一块心病。

母亲去世后，父亲一下子仿佛老了10岁。他整日侍弄花草，以花为伴，孤独生活。他生性耿直，少言寡语，脾气不好，与儿媳们的关系总处不好，也不愿与我们住一块儿。父子难得一聚，只有逢年过节，弟兄们吃酒，人多时，才把他也请来。

说实话，多少回，我总想把父亲单独请到我家，一家老小好好吃顿饭，但鉴于他曾多次得罪过我妻子，话到嘴边，又怕再引起家庭风波而难以启齿。好在北京还有三弟、四弟、六妹，父亲时时北上京城，两头居住。

这一次，三弟在北京的公司门面多，实在太忙，三番两次打电话，催父亲去救急帮忙。父亲年事日高，往返也跑怕了，想已下了决心，对我说："老大，你喜欢什么花就都搬走吧，余下的花草我全都散给邻居们，这次去北京，我可能就不再回来了……"父亲的声音中，分明有几分掩盖不住的酸楚与无奈。

行前，我说："爸，我请你吃顿饭吧！"父亲说："好啊，在哪儿？"我说：

“去饭店，就我们父子俩。”父亲似有不悦，估计他还是想到我家里去(这也是他一贯的向往)。沉默良久，说：“也好，咱父子好好聊聊。”

傍晚时分，我同父亲来到富康酒楼，老板是我的朋友，要了个清静的单间，拿来菜单，让父亲点，父亲看也不看，就说：“来个三菜一汤，一个红烧肉，多肥少精的，以免塞牙；还有清蒸鲫鱼，要大些的；再就是牛肉烧萝卜，要化些；至于汤嘛，就来个整鸡煨汤吧，但一定要农村家养的，不要饲料鸡！”

父亲常说：“日图三餐，夜图一宿，这人嘛，能吃才有福！”父亲饭量大，尤其是在困难年代，即使粮食再紧张，他是家里的顶梁柱，祖母、母亲及我们都让着他吃，他也从来当仁不让。好吃，好喝，是他一生最大的乐趣。

父亲果然好食欲。有吃福，这回更是放开量来，他喝了两瓶啤酒，吃了两条大鲫鱼，一碗红烧肉，大半个煨鸡，还喝了一碗鸡汤。一位 70 高龄的老人，如此能吃，真令我眼界大开，又惊又喜又惭愧，因我平生从未单独请父亲吃过饭，更不知他竟有如此饭量。我想，以往在人多吃饭的场合下，父亲一定是控制食量，多少回都是在委屈自己。

父亲吃得痛快，我更高兴。饭后，想起父亲年轻时也曾是票友，便提议说：“爸，唱段戏吧！”父亲说：“好哇，有京胡吗？”老板说：“只有二胡，早预备着呢！”父亲说：“那好，就来段黄梅戏吧——《天仙配》，董永的。”我便操起琴来，父亲放声而唱……想不到的是，父亲声音虽然苍老，略显沙哑，但仍不失圆润、饱满，有板有眼，韵味十足，一曲唱罢，竟引来饭店众多食客，齐声叫好。父亲却不无得意地说：“老了，老了，不比从前了！”

走出饭店，已是晚上九点。将父亲送回家，在门口，父亲紧紧握着我的手说：“好儿子，谢谢你的这顿饭，还有唱，让我过足了一把瘾！往后怕没这机会了。”父亲说着说着，竟流下了老泪，自觉不好意思，又说：“我这可是高兴啊！”

当晚，我想着父亲的平生事，还有这顿饭，一夜无眠，心头不知是心酸，还是欣慰……

请父亲多吃几顿饭 ◎安 勇

人生中真的有很多无奈，就像父子之间的感情，儿时，父亲无疑就是一棵大树，为子女们撑起一片阴凉的庇护。那时的儿子就靠在父亲的臂弯里，那时的父子离得很近很近。但当孩子也长成一棵大树的时候，父子间的交往反而变得疏远和陌生了。也许是家庭中的一些摩擦，或是两代人思维方式的不同，在父子间拉开了距离。但他们的心还是连在一处的，不管是父亲还是儿子，都无时无刻不在默默地关心着对方。这篇小说里的儿子，在父亲远行之前，用请父亲吃饭的方式表达了一个儿子的情感。父亲那顿饭吃得很多，很高兴。饭后还唱了段戏。当临别，父亲紧紧地握住儿子的手时，我一下子明白了，儿子哪里是仅仅请父亲吃了顿饭啊，他是给了父亲也给了自己一次真情流露的机会呀！

随着岁月的流逝，随着年龄的增长，这篇作品中的那几片有着"苹果的香、苹果的甜"的苹果皮，一定会跟作者一样在我们的记忆里成为一种香香甜甜的永恒。

嚼一片苹果皮

王众胜

那是三十多年前的事了。在外地工作的姑父回来看望太婆，带来的礼物中，有七八个又圆又大、又红又香的苹果。

我和哥哥第一次见到苹果。我们眼巴巴地看着那鲜红的苹果，闻着那诱人的香气，一口一口地咽着口水。

吃罢早饭，姑父走了。太婆把我和哥哥喊到跟前，拿起两个大苹果，塞到我和哥哥手里。她乐呵呵地对我们说："我早就看到你们俩馋猴儿似的盯着苹果。快到一边吃去吧，别让你妈看见了。"

我们拿着苹果，来到院子外的一堵矮墙边。哥哥看着苹果，眼睛乐成了两个弯弯的小月牙。我呢，不时地把苹果凑近鼻子，一边闻，一边连声说："好香，好香。"

哥哥说："咱们吃吧。"我说："咱们吃吧。"

不知说了多少遍"咱们吃吧"，可谁也没舍得在苹果上咬一口。

哥哥说："咱们别吃，等晚上爸爸回来，你的和妈妈分着吃，我的和爸爸分着吃。"

我咽了咽口水，连声说："好好好。"

我和哥哥正高兴地商量着，不知什么时候，妈妈已经站在我们身后。妈妈笑盈盈地看着我们，问道："这苹果是你们姑父给谁带来的呀？"

我们齐声回答："是给俺太婆带来的。"

妈妈说："是啊，这苹果是给你们太婆带来的。太婆已经八十多岁了，身体又有病，咱家有了什么好吃的，应该给她留着，让她多吃几次。你们说我说的对不对？"

我和哥哥没有回答，忙把苹果放到妈妈手里。

妈妈看了看手里的苹果，又看了看我和哥哥，脸上忽然没了笑容。好一阵之后，她才摸了摸我们的头，转身走进屋里。

我们在院子里玩了一会儿，哥哥说："别玩了，咱们该做作业了。"

我和哥哥走进屋里，看到妈妈站在太婆床前，正准备削苹果。太婆看到我们，擦擦眼泪对妈妈说："俩孩子长这么大还没吃过苹果，你就让他俩一人吃一个吧。"

妈妈笑着说："奶奶，他们以后吃苹果的机会多着哩，你就别老想着他们了。"

太婆又擦了擦眼泪说："孩子，难得你的这一片孝心，可你不让他俩尝尝，我吃着也没啥味呀。"

妈妈给我们使了个眼色，我和哥哥忙拎着书包走出屋外。

那天我们吃罢晚饭，妈妈把我和哥哥叫到她面前，端起放在案板上的一只碗说："伸手。"我们把手伸了出去。

妈妈在我和哥哥的手里放了几片苹果皮，笑盈盈地说："吃吧，孩子。"

我捏起一片苹果皮放到嘴里，慢慢嚼着，立刻，满嘴都是苹果的香、苹果的甜。正在细细品味的时候，哥哥叫了起来："妈妈，苹果皮是苦的。"

"苹果皮苦？"妈妈有些惊奇地看着哥哥。哥哥把苹果皮递到妈妈面前，妈妈忙捏起一片放到嘴里嚼了嚼。忽然笑了起来，轻轻拍拍哥哥脑门儿说："你这小鬼头哟。"

我也连忙捏起一片苹果皮放到妈妈嘴里。妈妈把我和哥哥搂在怀里，一边嚼，一边高兴地说："真甜真香啊。"

我常常想起第一次吃苹果皮的往事。随着岁月的流逝，年龄的增长，愈来愈深刻地认识了妈妈那美好的心灵。

如今，吃苹果已是极平常的事，但在我的感觉里，第一次吃的那几片苹果皮，滋味是最难忘的。

母亲是孩子人生的第一位教师 ◎ 汝荣兴

对"三十多年前的事"，今天的中学生显然不会熟悉，甚至可能会觉得不可思议，但相信这绝不会削弱大家对这篇作品所塑造的母亲形象的深深的感动。是的，这篇作品中的妈妈是一位有着"美好的心灵"的妈

妈——那“几片苹果皮”，便是妈妈那“美好的心灵”的生动载体。事实上，随着岁月的流逝，随着年龄的增长，这篇作品中的那几片有着“苹果的香、苹果的甜”的苹果皮，一定会跟作者一样在我们的记忆里成为一种香香甜甜的永恒。

也许每个人的心中都有一条根，平常的日子并不觉得，甚至会忽略它的存在，但当生命之树枯萎时，每一片树叶都会落向根的方向。

最后的愿望

佚　名

在明白生命来自造化之后，也明白父亲是我生命的缔造者，是我世俗生命的源头。

父亲晚年赋闲在家，确诊为胃癌时我们都不敢相信，整日和父亲厮守在一起。原先父亲的身体极好，见到的人都不相信他已是花甲之年。却突然就不思饮食，消瘦，在医院我陪他做各种繁复的检查，医生说：是胃癌，已到晚期，呈花瓣形了。医生的话使我不寒而栗。从透视室出来，父亲边穿衣服边问我病情，我按医嘱说是胃溃疡。

死是正常的。我的阅历让我见识了死，见识了生命的寂灭和消亡。我认为死是正常的。然而，当死以如此切近的距离接近我时，我还是感到了它的凶险，感到了它给我内心带来的震惊，那段时间我懂得了哀和痛是怎样一种感觉。

被病痛侵蚀的父亲日益衰竭，先是不能走路，再是不能下床，辗转病榻。父亲开始怀念家乡，怀念家乡的亲人。父亲少年时代就告别晋北的故乡，饥馑和灾难使他在15岁就开始他长达半生的军旅生涯。

父亲在生命的最后时刻出现在故乡，哺育过他的黄河水在村庄已断流，宽阔的河床却保留着昔日的风姿。父亲站在故乡的河堤上如归根的落叶，他眺望家乡的风物，并把它们尽收眼底。故乡则以宽阔温热的怀抱接纳了她一生漂泊异乡的儿子。

在明白了自己的病情后，父亲对四爹说：哥病了就回家找你了。一生守候着庄稼田园，晚年和一群羊相伴的四爹流着浊泪说：哥你是回自己的家呢，我知道得迟了，我要知道早接哥回家了呢。

父亲伸出他变得枯枝般的手拍着四爹的脸说：哥亲近土呢，哥要在这儿没了也瞑目了。

临终前的父亲迷恋家乡的田园、阳光、黄土，父亲每天出去晒太阳，扶着手杖在窑前的河堤站一站，在初冬阳光温暖的照耀中重温自己往昔的岁月。

那段时间父亲回乡成为故乡的大事。四爹为父亲腾出新窑，把准备为堂弟娶亲的新褥新被铺到烧热的炕上。古道热肠的乡亲提着他们的各种礼物来看望父亲，晚年的父亲结束自己的异乡之旅，将自己浸润在淳厚的乡情之中。

父亲的病情突然加重，在病榻上彻夜挣扎。也许知道自己的大限已到，父亲开始做远行的准备，夜里让母亲帮助解手净身，母亲为父亲洗濯更衣，风流倜傥的父亲在最后的时刻身形只剩一把枯骨，母亲为父亲洗濯着身体，洗濯着突然变白的头发，母亲在我们的注视中和父亲吻别。

据中医讲，男人在临终的时候睾丸会收回去，脉息全部消失。那天早晨父亲发现了这一切，他意识到和我们诀别的时候到了。造化以这种仪式结束父亲刚烈的一生，它将生命之旅构成一个圆面，父亲在这个圆面

跑遍之后又回到初始，生命的辉煌到最后归于寂灭，如一缕轻烟消失在虚空之中。

父亲只有悠悠的一脉气息时，疼痛反而消失了，只是腹胀，癌变的胃部成了坚硬的石头，不再呕吐，所有进入胃部的食物和水都在催动肿胀的胃部使其更加坚硬。四爹没有去放羊，我们一起守候着父亲，母亲忍着泣声对父亲说：你准备好了就上路吧，不要牵挂我，我不留恋你了，留恋你只能让你受罪，你要有灵就托梦给我。父亲双目微翕，微微颔首。

我慌乱中抽身到乡邮局打长途电话，通知家人回乡，往回返的时候我心乱如响鼓，骑车拼命往回赶，在村头迎见舅，舅说：你大没了。我不信。舅说：刚没的。我赶到窑洞，父亲已停止呼吸安卧在寿帐之下了。

那天，我的在人间走过 69 个春秋的父亲在故乡长逝。在故乡的窑洞里，我在母亲的哀恸声中长久抚摸父亲冰凉如石的面孔，抚摸父亲绷紧如弓的身体，那一刻我明白，贯穿我和父亲的生命之流在这一天被切断了，这一天我失去了生命的源头，我成为一条断源的河流了。

根 ◎安　勇

在读这篇小说之前，我听过一个有关大象的传说。传说中每个象群都有一块固定的墓地，叫象冢。只要是象群中的成员，在它即将死去的时候，不管离象冢多远，都会准确无误地走回象冢，在那里结束自己的生命。我想，这大概是动物世界中的一种寻根吧！就像这篇小说里的父亲一样，在他生命即将结束之前，他最后的愿望就是回到曾经生养他的那片土地。住住家乡的窑洞，喝喝家乡的河水，见见久违的父老兄弟，他也是在找自己的根。也许每个人的心中都有一条根，平常的日子并不觉得，甚至会忽略它的存在，但当生命之树枯萎时，每一片树叶都会落向根的方向。

Part Six

爱的吟唱

这只手曾经无数次地挥动锄头，掌握犁耙，收割稻禾，拔除杂草；这只手曾经握着我的小手写过毛笔字，陪我打过乒乓球，给我削过木枪，也打过我的小屁股……父母的爱如深情的吟唱久绕身边，不因离别而飘淡，不因岁月而褪色。

"为了爹的渔网"，我们应该而且必须做好自己所应该做和能够做的一切。

为了爹的渔网

彭　好

我接了个采访任务，采访一个30岁的地税局局长。

我回去翻了资料，他所在的地税局用8个月时间超额完成了全年税费征收任务。我想，这是个值得写的人。

我把电话打到他办公室，他说："你别来，我说不好。"我执意去了。他极不好意思，给我泡了杯浓茶。我说："说几句吧。8个月完成全年任务，实干家的口才应该不错。"他憨憨一笑："口笨。局里开会我也只讲三两句。"我把茶杯握在手里转来转去，说："您好歹说几句吧，您全年任务都完成了，也帮我完成任务嘛！"他又憨憨地笑，递过来一支烟，我摆手拦了回去。他把烟点燃，狠狠抽了一口，慢悠悠吐出一大团烟雾来。

"我给你讲个人吧，我的开裆裤朋友，我们一个村的。我们村在江心洲，一村子人都打鱼。我和他同桌到五年级。上五年级那年，他和他爹进城卖鱼，鱼卖完了，他爹去买锅盔，让他在足球场门口守篮子。他不安分，溜进球场里玩，看见球网以为是渔网。

也是，那年月，乡下孩子哪里见过踢足球？他掏出小刀就割，让少年足球队的教练给逮住了。教练问他割球网干啥，他说："爹的渔网破了，割回去给爹补网。教练也是渔村的孩子，这一句话把教练的泪说下来了。从那天起，我这个朋友就进了少年足球队。我和他再见面是前年，在北京。他躺在友谊医院里，胃癌晚期。他进医院前在省队踢了十年球，大赛小赛踢了几百场，是队里累计进球最多的，有记者叫他金脚。我去看他那天，正好有记者来采访，问他：'踢了这么多年，你却一如既往地保持初生牛犊的冲劲儿，比那些十八九岁的年轻队员进球都多，有秘诀吗？'他微微一笑：'我的第一个教练告诉我，我多往网里踢进一个球，我爹的网里就能多进一条鱼。'他说这话的时候，脸是朝着家乡的方向的……"

讲到这里，这个 30 岁的男人孩子般地流泪了。我拿起他放在茶几上的烟盒，掏出一支烟递给他，他摆了摆手："过了两个星期他就走了，我那几天正忙着一个会议，没去送他。那年过年，我回了趟老家，我爹把我带到他坟上，我爹说他的骨灰盒上盖了一张渔网。我就把他在医院里的话讲给我爹听。我爹听了，老泪纵横，说：'儿啊，记住，你多给国家收一分钱，爹的渔网里也能多进条鱼……'我就把这话一直记到了今天……"

离开地税大楼，走进北京初冬的夜色中，有什么东西从我眼眶里滑出来，风吹过来，凉凉的。

让爹的网里多进一条鱼 ◎ 汝荣兴

在这篇作品中，爹虽然只在结尾处露了一下脸说了一句话，但爹又无疑是那位"用 8 个月时间超额完成了全年税费征收任务"的 30 岁的地税局局长的主心骨。是的，爹的那句"儿啊，记住，你多给国家收一分钱，爹的渔网里也能多进条鱼……"，便是那位局长做好本职工作的力量源泉。是的，"为了爹的渔网"，我们应该而且必须做好自己所应该做和能够做的一切。

请大家千万千万要这样告诉自己的母亲：妈妈，我爱您！

感动如水

彭　霞

明天我就要走了。

母亲翻箱倒柜，不知找着什么东西。昏黄的灯光里，荡漾着一圈圈光华，将母亲笼罩在一片柔和的阴影里。

我的眼睛不自觉地随着母亲的脚步而移动。古老的柜子，被岁月剥蚀了它的华美的外衣，而那曾经高大的橱子，也到了风烛残年，在生命的秋风中噤若寒蝉。我蓦然发现，母亲已经老了。

母亲抓住一个皱皱的小包裹，像托着一个刚出世的婴儿，虔诚地注视着他，欣喜之情在脸上一览无余。她颤巍巍地打开那一层一层的包裹，如同揭开她一层层的心。在灯光的照耀下，母亲像一个虔诚的教徒，要把自己最真诚的心献给上帝。那手，已失去了丰腴与光润的华丽，只有斑斑点点的创伤，印证着岁月的流逝，预示着母亲的衰老。我摇了摇头，心里禁不住叹息，母亲真的老了。

那个纸包终于露出了真面目。母亲握紧了它，看了又看，不住地叹气。她转过了身，慢慢地向我走了过来。她的眼睛慈爱而忧郁，她的步伐却是蹒跚的。她似乎是在沉思着，嘴角现出一丝不易觉察的微笑。她似乎

是在唱着歌，在心里放飞了自己的歌声。然而，她的脚步却是越来越坚定了，像是下定决心搏击一切，与命，与人，与自己。她搏击，好像已经是一个快乐的胜利者，因而她更坚定，更自信。

我吃惊地盯着母亲，手里却感觉到那微微有点体温的纸包。母亲示意我打开，我小心地打开，却是几张崭新的票子，我什么都明白了。母亲什么话也没有说，只是握了握我的手，转身就往外走。我像泥塑一般一动也不动，盯着母亲的背影，脑中一片空白。蓦地，母亲转过头，“别舍不得花！”刹那间，我的泪水铺天盖地地流了下来，模糊的泪眼中闪现出母亲矮小伺偻的背影在一点点消失……

一首小诗在心中化开：

母亲啊，
我是红莲，你是荷叶，
心中的雨点来了，
除了你，
还有谁是我无遮拦天空下的保护？
那一刻，感动在我周身传遍。

当叶落归根、落红化作春泥时，当春来雁归、桃红柳绿之时，岁月吮吸着时间的奶一点点长大。我们已经淡漠了一切，将周围的一切用冰冻的心冻结起来。然而，当你不再匆匆于喧嚣的人群，你会发现，生活中处处充满着感动，仅仅是一句话，一个动作，一个人。当我以为自己早已不再感动时，它如潮水般汹涌而至。感动如泉水，甘美而清冽，没有泉水浇灌的土地，注定会寸草不生，没有感动滋润的人，心灵注定会干涸枯竭。感动如水，普通而又伟大，平凡而又高尚。

爱母也要说出来 ◎ 汝荣兴

请注意作品对母亲的每一个细小的动作和每一种细微的表情的描写，请注意作品中的那首在“我”“心中化开”的小诗，请注意作家在作品结尾时的那段情不自禁的议论，请永远都不要忘记母亲所给予我们的那种如水的感动——那真的是一种“普通而又伟大，平凡而又高尚”的“甘美而清洌”的感动呵。所以，无论走到哪里，我们的内心深处都应该始终珍藏着那个属于母亲的“微微有点体温的纸包”，所以，在看完此文之后，请大家千万千万要这样告诉自己的母亲：妈妈，我爱您！

我望着妈妈安详的表情，这是我唯一也是最后一回，看到妈妈睡着的样子。

妈妈睡着的样子

谢志强

面对妈妈的遗体，我蓦然想，我还没见过妈妈睡觉的样子。

我念小学，贪玩贪睡。我喜欢春天的树林，树枝丫上坐着无数个雀巢。掏鸟蛋，那带刺的沙枣枝挂破了我的衣裤。农场的连队，过了熄灯的时间，便断电，妈妈坐在煤油灯前缝补我那衣裤的豁口。我看着映在土坯屋墙壁上妈妈的巨型身影，我一觉睡到天亮。

我不知道妈妈什么时候已经起了床。我进了初中，学校离连队远了。家里没有闹钟，妈妈便是闹钟。天蒙蒙亮，妈妈唤醒我。我吃了焐在锅里的馒头、稀饭，背着书包踏上了前往场部中学的机耕路。刮风下雨，妈妈总是那句话：太阳要晒到屁股了，快去上学了。

妈妈的眼里，太阳永远不落。后来，高中毕业，我立誓到最近最苦的连队去——沙漠边缘新建的连队。妈妈瞒着我去场部劳资科，留我在父母身旁，理由是身体单薄。那时，大田劳作是拔草、挖渠，累得散骨架。妈妈在出工钟声响起前半个钟头叫醒我，她从连队的伙房打来了早餐。妈妈还是那句话：太阳要晒到屁股了，快起来上工了。

我真想再睡一会儿，特别是隆冬，零下二三十摄氏度，我老是赖在被窝里，妈妈替我担心，说：连长站在桥头呢，你可不要当全连的尾巴。我干活很掏力，年终场部通令嘉奖，妈妈仿佛嘉奖的是她，乐得合不拢嘴。

后来，我读师范，进了城。妈妈托连队的驾驶员大老陈捎来哈密瓜，有一回，她竟然搭乘车来看望我，我在睡懒觉。妈妈说：太阳要晒到屁股了，快起来读书。

我说：妈，今天是礼拜天，难得睡个懒觉。妈妈就疼惜我瘦了。妈妈的眼里，我永远是个孩子。毕业分配，我留在阿克苏市区，教书。妈妈赶来照顾我。她还是早晨唤醒我。妈妈说：太阳要晒到屁股了，快起来，学生在等你上课呢。

我的时间、方位感差，大概是长期依赖妈妈的结果吧。那天下雪，是鹅毛大雪，可我还是按照出了暖洋洋的太阳那样的装束出寝室。我返回来穿衣取伞，我笑着说：妈，你谎报军情。

妈妈说：话挂了那么多年，说顺嘴了。我结婚，里里外外是妈妈操持，奔忙。那天，我回家，看着沙发椅坐着妈妈，深陷在里面，她阖着眼，确实累了，眼角新增了鱼尾纹。她还是警觉地醒了，似乎有点不好意思。

我说：妈，你上床睡一会儿嘛，这样会着凉。

她说：好了，打了个盹，很管用，我到底老了。

有了个女儿，妈妈欢喜地当了奶奶，托儿所接送，她全包了。早晨，听她喊过我，又催我的女儿，说：太阳公公要晒你屁股蛋蛋了，快起来上托儿所了。

女儿看看窗外，说：太阳公公还在睡觉呢。

沙漠边缘的城市，春季风沙狂妄，挡住了太阳。现在，我的女儿也出嫁了，可我睡懒觉的习惯还是保持了下来，大概总有妈妈替我掌握时间。妈妈还是那样喊：太阳要晒到屁股了，别迟到了。

我已经调到机关。日出日落，我过去的岁月，我现在的生活，都这样周而复始，妈妈的口吻里，每天出的太阳都是那么新鲜，那么热烈。可生命就这样无声无息地流逝。

我望着妈妈安详的表情，这是我唯一也是最后一回，看到妈妈睡着的样子。我真希望她起身，喊一句：太阳要晒到屁股了，快起来吧。我在心里喊：太阳要晒到屁股了，快起来吧，快起来吧。妈妈睡得那么深沉，似乎她一生的睡眠都集中起来了。

这天，天阴，阴沉的天空兆示着未来的一场雨。可我还是相信太阳一定露面，那样，妈妈就起来了，像那次她在沙发椅打了个盹儿。我默默地伫立着，生怕扰睡她一样默默地伫立着，只是心里喊。

最平凡的母亲也是最伟大的母亲 ◎ 黄克庭

开头一段，是神来之笔。

与妈妈朝夕相处，共同生活了几十年，竟然“没见过妈妈睡觉的样子”，初读甚觉荒诞，然细细品味后又觉得很妙——它是对一位操劳了一辈子的妈妈最形象而精妙的概括、最具体而准确的总结。它既把一位平凡而伟大的母亲形象鲜明地推到了读者面前，又把一名深切怀念妈妈的儿子的深深感恩之情自然而然地融于其中——匠心独运，却不露人为痕迹，可谓高妙！

不足1500字，却将妈妈操劳一生的原因与结果都交代清楚，这是作家视角新颖、惜墨如金、善于谋篇布局的结果。

这篇作品虽然十分短小，但它的内在结构中却既有家庭又有商海，容量非常丰富。

背起父亲去看树

张枫霞

朋友的父亲病重，得到消息后我决定去医院探望。我决定去是想培养和朋友之间的感情。我和朋友正有一笔生意上的交易，成与败全看他的为人了。

找到那间病房，发现病床是空的。同室的病人告诉我："出去了。很快就回来吧，他还输着液呢。"我把东西放下，坐在床沿上等他们回来。

医院真不是好地方，我待了不到半个小时就开始烦躁。满眼都是惨白，充耳全是呻吟。仔细分辨，似乎还能感到墙角射出的丝丝阴气。我把目光投向窗外，想从春意盎然的季节里找出勃勃生机。然而，除了高墙与红瓦，连一点绿意也看不到。

终于受不了这种压抑，在没有等到朋友和他父亲的时候我逃出了医院。

第二天又去，担心再次扑空，便央求爱人一同去，身边跟个健康又至亲的人，心里踏实了许多。

果真，朋友和他父亲又不在。同室的病人又告诉我："他们去看树了，昨天也是。"

“看树？”

“是啊。医生说老爷子的病是好不了了，想法提高生命的质量吧。儿子问他最大的愿望是什么？老爷子说他种了一辈子树，死之前想多看几眼。儿子就背着父亲去看树了。”

他说得极为平淡，可我的心却突然被挖空了一样难受。在商海拼杀了多年，坑别人，也被人坑，心肠早已钢铁般冷漠了，我亦以为其他商人也该和我一样吧。然而，朋友却不同。我突然觉得应该和朋友做这笔生意——足以决定我命运的生意，一个背着父亲去看树的人，肯定有着一颗善良的心。

背上天下父亲去看树 ◎ 汝荣兴

这篇作品虽然十分短小，但它的内在结构中却既有家庭又有商海，容量非常丰富。当然，不能不叫人深深地感动的，便是在人的“心肠早已钢铁般冷漠了”的现实社会中，“我”那位朋友“背起父亲去看树”的举动。是的，朋友的这一举动，无疑是他“有着一颗善良的心”的充分而又生动的体现。同样，作品中的那位父亲，那双“种了一辈子的树，死之前想多看几眼”的眼睛，又何尝不是那样的让人印象深刻？

虽有空间距离之隔，但“娘”的心日夜为儿子们所跳动。儿子的心事“娘”怎会不知道？

“无价”保姆

范　进

眼看妻子的产假将满，年幼的儿子急需找人照应。

妻是外地人，她的父母是指望不上了；我虽出生在本市，但父母居住在40里外的乡下，且他们年事已高。思虑再三，我和妻商定，干脆花钱雇个保姆得了。

当日，我就在自己供职的晚报中缝登了一则招聘启事：

急需保姆一名，身体健康，有带小孩经验，月薪300元，包吃住。

果然，报纸摆上报摊两个小时不到，就有人打来电话。对方是一名三十几岁的大嫂，她在详细询问了我家住址和宝宝的出生时间后，最终抛出自己的条件：一是300元报酬太低，要求涨到350元；二是声明双休日同样放她假。天哪，把我们当做什么人了？我们夫妇俩可都是工薪阶层啊。而且，我和妻周六、周日单位加班是常事，到时候宝宝往哪里送？

接下来的几天，又有许多电话打进，姑娘、大嫂、阿姨……什么样的人都有。有农村小姑娘提出，做保姆可以，但3年期满后得帮着在城里找工作；有下岗女工要求，做保姆可以，但只管带小孩不管洗衣、烧饭等家务；有退休老阿姨坚持，做保姆可以，但只限白天夜间不问……更多的人

只是问问情况，便以“考虑考虑再说”告终。

一个星期过去了，找保姆的事毫无进展。我与妻急得焦头烂额。

星期一上午，我心事重重地走进办公室。同事小李神秘地告诉我，“刚才有一个老阿姨打进电话，说愿意到你家做保姆，不要一分钱报酬，只管吃住就行。”

还有这等好事？我既惊喜又疑惑。办公室里的气氛开始活跃起来，同事们就此展开了充分的想象。有的说，老阿姨是个菩萨心肠活雷锋，她可能舍不得孩子；有的说，老阿姨可能没有子女，她是想休验一下做奶奶的乐趣；小李的猜测最离谱：老阿姨说不定是老范编的《银发世界》版的忠实读者，她这是在追星呢……

“对了，她说过怎么联系没有？”我差点把正经的事忘了。

小李似乎还陶醉在自己的奇思妙想中，“让你9点钟到3路公交车站接她。”

管她是谁，只要乐意带小孩就行。我一路吹着口哨，自行车蹬得像要飞起来似的。离3路公交车站还有五六十米，我就在熙熙攘攘的人群中寻觅目标，“粗心的老阿姨，怎么忘了说她长得什么样，穿什么样的衣服？”正当我懊恼之时，突然一个熟悉的身影映入眼帘：花白的头发，满脸的皱纹，脚下的篮子里是一捆捆沾着新鲜泥屑的青菜、葱、大蒜……

啊！我的娘？！

一颗永远为儿女跳动的心 ◎ 黄克庭

母亲的高贵并不在于她愿给儿子当保姆而不跟儿子“讨价还价”（别人嫌月薪“300元报酬太低，要求涨到350元”），也不在于提不提什么“附加条件”，当然也不在于“不要一分钱”上，而在于那颗一直默默地牵挂儿子的心上！

须知，“眼看妻子的产假将满”，忙于花钱雇保姆的“我”并没有将情况告知居住于“40里外”的乡下父母，可母亲还是雪中送炭地赶来了——儿子的困境娘是如何知道的？文中虽只字未提，但读者还是明白的——虽有空间距离之隔，但娘的心日夜为儿子们所跳动。儿子的心事娘怎会不知道？

母亲火热的心，既为自己赢得了众多的红灯笼，也为孩子们的明天赢得了众多的红灯笼。

母亲的红灯笼

蔡 武

母亲在湘西一个偏远的小山村里教书，整个学校就只有我母亲一个老师和一间土石房子。学生倒有30多个，高的高，矮的矮，小的七八岁，大的十三四岁，一到六年级的都有。母亲的工作很忙，一到六年级的课都要备。山里学生住得分散，路又远，中午孩子们都在学校里搭餐，母亲忙着搞完30多个孩子的饭菜，下午还要接着上课。山里的天黑得早，特别是冬天。孩子们路远，山路又崎岖，母亲便每天都提着一盏自己做的红灯笼将全班的三十多名学生送回家。等到天黑透了，母亲才提着红灯笼深一脚浅一脚地往回走。红灯笼是母亲自己动手做的，将红绸布裹在一圈竹筷上，中间用铁丝弯成一个夹，用来夹住小半截松脂。我每天就是这样望着母亲行色匆匆地提着红灯笼领着孩子们上路，又倚门望着母亲提着

红灯笼疲惫地回家。而母亲每天要干的最后一件事，便是将第二天要用的半截松脂放在红灯笼里。

母亲的红灯笼渐渐地成了母亲的化身。站在门口接孩子的家长一看见红灯笼就知道自己的孩子回家了；赶路的乡亲们一见红灯笼就知道是娃们放学了，忙给让着道，并朝着红灯笼大声喊道："老师辛苦哇！"母亲就是提着这样的红灯笼照着孩子们走山路，也是提着这样的红灯笼照亮了孩子们的心。

一天夜很深了，我还望不见母亲的红灯笼，心里不禁发起毛来。就在这时听见人声鼎沸，一大群人举着火把正朝我家奔来。到了近前，我才看清是村民们用睡椅抬着母亲，而母亲此时已是昏迷不醒了。村民们将母亲安置在床上后，又叫四个小伙子抬着睡椅火速抬来了大队的医生。这时我才知道原来母亲提着红灯笼往回走时，松脂被一阵大风吹灭了，母亲眼前一黑，就摔倒在路边的深沟里，幸亏路过的村民发现，叫来大伙，才将母亲救起。

母亲服过药后第二天晚上便要挣扎下床。母亲从床上坐起来，突然她大声高喊："娃，你快来看！"我顺着母亲的手指方向朝窗外看去，我看见了我一生中最壮观的场面：上百只红灯笼排成了一条长龙，这条长龙静静地走着，我听到了越来越近的脚步声，这条长龙到我家门口停住了脚步。母亲便去开了门，只见村支书手里提着一只最大的红灯笼，他走上前紧紧拉住母亲的手说："老师，我们村里每户都给您赶制了一只红灯笼。我们都用那山里最好的材料做的，保管再大的风也吹不熄它了。"

母亲流着泪和乡亲们握手。母亲说不出话，因为她早已泣不成声了。红灯笼就这样摆了我家一院子，那炫目跳跃的火焰至今仍在我心里跳动。在我的记忆里我再也没看过这样火红的灯笼了。

永不熄灭的爱之灯 ◎ 黄克庭

红灯笼是母亲的心，她不但能照亮晚归学子的山路，更能照亮孩子们向往明天向往知识的心。

凌厉的大风，虽然可以吹灭母亲手中的红灯笼，使母亲摔倒在路边的深沟里，但它不可能吹灭母亲心中的红灯笼，更不可能吹灭乡亲们心中那只象征母亲热爱山村教育无私奉献的红灯笼！

母亲火热的心，既为自己赢得了众多的红灯笼，也为孩子们的明天赢得了众多的红灯笼。

这确实是一封伟大的家书，它竟让从事教育多年的基层教师——“我”开始反思当前教育的一些弊端与不足！

一封伟大的家书

红琥珀

我散步后回到宿舍，老远就看到一个黑黢黢的影子蹲在门口，我不由得心头发毛，后退了一步，大声地问：“谁？”黑影立刻站了起来，走到路灯下，笑着说：“陈老师，是我。”我定睛一看，原来是那个村里人都称作蒋二婶的中年妇女。

我笑着走了过去，“呵呵，吓了我一跳。”“陈老师，这是我家自己种的雪梨，给您尝尝。”她举起手中一个大篮子，里面满满装着梨，个个都有菠萝那么大。“那哪行！谢谢你，拿回去，我可不能收。”她又走近一步，和我面对面站着，哀求着说：“陈老师，您好歹得收着。我还有事儿找您帮忙呢。”“进屋说话吧，忙好帮，水果拿走。”

“陈老师，我想请您帮我写封信，给我儿子的。”她把篮子放在我的写字台上，不好意思地说，“我勉强识得几个字，简单的信能写。这次要讲的东西多了，怕说不清。”

“没事儿，你说，我来替你写。”我拉开抽屉拿出几张信纸。

“是这样的，我儿子在福州大学读书。”

“对，我听说过的，去年全乡的状元郎。”

她立即开心地笑了起来，“对啊。您也知道了。他昨天给我来信说，吃不惯学校的菜，就想吃点儿辣的。我想啊，这娃回来一趟也不容易，车费贵啊。我和他爸就寻思着，给他寄点辣椒粉去，菜或者是面条里放些，味道就好点儿。”

“嗯，对。想得真周全。”

“陈老师，你说这孩子出门在外的，做爹妈的也就在这上面能尽点力了不是？”

“那好，你说我写吧。”

她轻咳一声，凝视着面前的一瓶墨水，说：“进儿，你的来信收到了。出了省，饮食口味有不同也是正常的，你爸让我给你寄点辣椒粉来，又怕你不会用，就请陈老师代我们写封信来给你说说。”

我笑着摇手，“不用说这个。有什么话我直接写就行了。”

她捂着嘴乐了，“哦。不写这个啊，好。”

“我是买的最好的辣椒来磨成的面子。特别辣，你一次别放太多，要不然那些暗疮又要长出来了。辣椒粉别靠近水汽，得放在干燥通风的地方，要不就容易发霉。你上次说你们寝室的同学买了电炒锅，那最好就把它做成油辣子，保存的时间就长得多了。”

“还得教他做油辣子吧？”我笑道，“他会吗？”

“这孩子在家时我从没让他干过家务，都让他一心念书的。”她把椅子拉近点。“可不，还真得教教他。”

“把油倒进锅里，哎，锅里可别有水，要不油溅起来会烫伤的。看到油冒大气了，就关火，等油冷一点再倒进辣椒粉里，烫了的话辣子就全糊了，一点辣味也没有。哦还有，可不能用玻璃的陶瓷来装，热油一下去就裂了。”

“呵呵，说得这么详细他一定会了。”

她突然站起来，“哎呀，陈老师，还得加一句，我这孩子最马大哈了，他别烧着油就跑掉了，那燃起来可不是小事！”她紧张得两只手互相扭着，好像看到锅里的油烧着了。

“好，我写。”

“还跟他说，同学有爱吃辣子的就分一些给他们，完了我再寄。”她微笑着掠了掠头发，坐了下来。

“唉！”她皱起眉头，“他爸前几天干活踩到块碎玻璃，刚好伤到脚心，这不，一步也动不了呢。算了，还是不要对他说，白担心。”

我点点头。

“还有，”她叹口气，“寒假里他跟他爸说，他在和学生会一个女同学谈对象，他爸当时就问，你跟人家说你的家庭情况没有，咱家这么穷。他一听这话，脸子一拉就把他爸一个人撂那儿理也不理了。”她抬起眼睛来，“陈老师，您跟他说，可别哄人家闺女，咱是咋状况就咋说。再说了，我也不太赞成他在大学里谈朋友的，男人没事业怎么立得起家来？您说是吧陈老师？”

“孩子大了，各人有各人的想法，只能把道理给他讲清，他自己会思考的。”

“哎，对。您说得有理。”

"还有什么要说吗？"

"没什么了，就说我们一切都好，叫他好好读书，不要挂念。"

我飞快地在另一张信纸上重写了一遍。"好了，我念给你听听，看行不？"

"进儿：来信已收到。家中一切均好，勿念。你说在学校饮食不习惯，正是在家事事好，出门时时难。但好男儿志在四方，你也应当学会忍耐适应。我特意买了最好的辣椒磨成辣椒粉给你寄来，可在菜肴或面条里添加少许，以解思乡之情。你可与同学分享，吃完了来信告之，我又再寄来。辣椒粉应当存放在干燥通风之处，切勿靠近水汽，否则易霉变。上次你说室友有一只电炒锅，那最好将辣椒粉做成油辣子便于保存。具体制作方法是：将油倒入干锅，油热至大气腾腾时便可关火，待油稍冷之后再倒入辣椒粉中，搅拌即可。但要注意两点：一是不可用玻璃器皿或陶瓷餐具盛放，油热易裂。二是烧油期间不可离人，恐酿成火灾，慎之！另外，上次你和父亲所说你与女同学恋爱一事，妈妈希望你多以诚意示人，真心换真情。丈夫立于世，当立志立业然后方可立家。享受一份感情的背后，更需要的是勇敢地承担起责任。"

我顿了一顿，说："最后的落款是，你的母亲。2004 年 4 月 6 日。这样行吗？"

她站起来拉住我的手，"陈老师，您写得太好了！叫我咋说……"她掏出手绢儿擦了擦眼睛。

"没什么。你们做父母的太令人感动了。"我将信纸叠好交给她。"以后要写什么来找我，没关系的。"

她连声道谢着向门外走去。

"哎,梨……"

"您千万别看不起。您平时教娃娃们太辛苦了。"

我的手机响了,她趁机把我的门掩上走了。

"喂,星啊?"

"是我。有什么事?"我笑了,男朋友每天这个时候都会来电话聊天的。

"没事不能找你?咳,别说,真有事。上次我找教育局的张科,他说你们这种支教的要调地方还没有先例,很难办。我怕你泄气,一直没敢告诉你的。"

"没关系。我不想走了。"

"星,你别说气话呀,听我说完嘛。我叫我爸找了王总去疏通,这次估计能行。"

"别去找了。真的,我想通了。我一定要在梨花村待够这一年,好好教一批娃娃。他们需要的不光是知识。"

"你怎么了?谁给你刺激了?"

"我刚刚写了一封伟大的家书,一封母亲给儿子的信。你想听吗?……"我拿着手机走出门去。

朦胧的星光下,四处正散发着田野的芳香。

母爱如涓涓流水滋润我们心田 ◎ 黄克庭

这确实是一封伟大的家书,它让一名普通的农村妇女那关爱孩子的火热之心毫不掩饰地展现出来!

这确实是一封伟大的家书,它会让"出了省"念大学的"进儿"懂得许多日常生活知识和一些做人的准则!

这确实是一封伟大的家书,它竟让从事教育多年的基层教师——"我"开始反思当前教育的一些弊端与不足!

可敬的人不一定伟大。伟大的人一定可敬。

妈　　嫂

黄自林

嫂子是村里娇小俊秀的妹子。我们弟妹几个和积劳成疾的爸妈是一张沉重的铁犁，只哥哥一个人拖着。嫂子却看上了我哥，要嫁到我们这个穷家来。村里人劝嫂子，说嫂子肯定会被拖累死的。

嫂子出嫁那天，她的哭嫁歌唱得又多又好，亲戚大多都被嫂子唱哭了。那时候 2 角钱一碗米粉，嫂子竟然挣了 34 元 3 角的哭嫁利市钱。村里的哭嫁女没有谁能挣到嫂子的一半。

嫂子嫁来的第三天就是九月开学的日子。两个姐姐读初中，二哥三哥读小学。家里没钱也没值钱的东西，嫂子一分不留地拿出她的哭嫁钱，又拿出陪嫁的几匹的确良蓝布，为我们几个一人缝制了一套新衣裳。还差些钱不够，哥和嫂子就去担柴卖，我们几个也去，大大小小七个人排成一长溜儿。好多人替嫂子流泪，她是才过门三天的新媳妇呀！妈妈哭哩，把嫂子搂在怀里，千言万语只是一句话："我的闺女哟。"

家乡湄河是一条养人的河。嫂子让我哥在河里捕鱼，她去圩上卖。清早晨雾未散，嫂子就在河边望我哥的竹排，夜里又挑一盏渔灯坐在排尾为我哥壮胆。每当捕到一只值钱的鳖或一条河鳗，一家人都要高兴许久。嫂子出奇的倔强，明日分娩，今天还挑一担红薯苗上岭种红薯，嫂子虽苦虽累却没病，祖宗保佑我嫂子不会倒下。

没几年，多病的妈妈就去世了。村里有个习俗，在妈妈灵前焚一根竹筷，竹筷倒向谁，妈就最疼谁。我们一齐围着竹筷跪，结果竹筷旋了一圈儿后，倒向了嫂子。妈妈心里有杆秤，嫂子在妈妈心里的分量比谁都重。嫂子哭着向妈妈磕了无数个响头，那是一份沉甸甸的承诺。

冬去春来一晃 10 年，姐姐和哥哥得益于嫂子也得益于苦难，上了中专、大学。嫂子的青春年华也为我们耗尽了。嫂子老了，我们长大了。

我们不知怎样称呼我们的嫂子。村里所有的嫂子没人比得上我嫂子的零头。嫂子像妈像姐，嫂子的生命和我们的生命融合在一起，永远不可能分开。

姐姐从卫校毕业出来工作的那年，有一天，姐姐回来，一进家门见嫂子的身影，就喊："妈——" 嫂子回头看，姐姐才看清是嫂子。姐又喊："嫂——" 在这一瞬间，积聚在姐心头多年的情感如决堤的洪水倾泻而出，姐姐紧紧地搂住嫂子叫："妈嫂——"姐姐一连叫了几声"妈嫂"。姐姐说："妈嫂，我毕业了，我工作了，就有钱了，您的苦日子也会到头了。"嫂子笑着哭了，说："我知道的。"

现在我们一家是村里最幸福的一家。我们像敬重我们的父母一样敬重我们的嫂子。作为回报，我们会使才 30 多岁的嫂子不再受苦，我们保证。

村里人现在才说嫂子有眼力。嫂子说："那时，尽管很饿，但他们是村里唯一不偷人家东西吃的一家人，他们的骨气贵哩！"

天使般的母爱 ◎ 黄克庭

嫂子是可敬的，因为她拥有中华民族传统女性的优良品德——任劳任怨、诚实善良！

嫂子是伟大的，因为她"燃烧自己"并不是盲目的，而是为了呵护人

间最美丽的花朵——骨气。这种崇尚真善美、有着强烈社会责任心的女人，无疑是天使！

可敬的人不一定伟大。伟大的人一定可敬。《妈嫂》的亮点在于最后一段。有了这末段，嫂子的形象由“可敬”立时升华为“伟大”了。

作为父亲，田老依然保持着他的英雄本色。愿他的儿子田局长最终真能“去纪委报警”。

喊　雷

田老八十寿辰那天，他儿子田局长切开生日蛋糕，把中间的一大块放进父亲的碟子里。

不料田老竟然在这块蛋糕里咬到一块硬骨头。吐到手心一看，原来不是骨头，而是一枚金灿灿的钻戒。他若无其事地把它放进了衣兜。

当天晚上，田老把儿子叫进卧室，一边把玩手中的钻戒，一边目不转睛地看着儿子，问道：“如果把这玩意儿咽进肚子里，会出现什么样的后果？你——知道不知道？”

见儿子摇头，田老接着说：“致人死命有一种比较文明的办法——吞金。人死后，尸体能不显丝毫伤痕，形同自然死亡。今天我差一点将这玩意儿吞进肚子里。这，到底是怎么回事？”

“这一盒蛋糕是贺寿的客人赠送的。”

“谁送的？”

“这……一时还说不清楚。”

“说不清楚？那你立即到公安局去报警！请他们帮我们搞清楚。”

田局长畏畏葸葸不动弹。

“快去呀！你不去报警，难道叫我去不成？”

“爸，人家……不是要害你。这是一位姓何的经理……用这样一种特殊方式……送给你老人家的寿礼。这不是一般的钻戒，是一件十分珍贵的纪念品。”

“这玩意儿很值钱吧？”

“人家说是用8000元钱定做的。”

田老掏出手绢来，把钻戒擦了又擦；接着移近台灯，看了又看，说：“既然是纪念品，我就收下了。这东西珍贵，不能丢了。我有一个专门存放纪念品的小木箱，在里间的立柜里。你把它给我放进去。”

直至从父亲手中接过开立柜的钥匙和钻戒，田局长惶恐不安的心才平静了下来。

田局长打开箱子，取出里面那块红绒布。见布上别着许多叮当作响的军功章、纪念章。将其移至灯下，上面明晃晃的金字——淮海战役、渡江战役、抗美援朝……灼得他眼睛都睁不开。

他不知道该把手中的钻戒别在这块布的什么位置上才合适。

无所适从的田局长，只好把木箱抱到父亲眼前，说：“爸，把钻戒和军功章、纪念章别在一起……好像……不大合适……”

“不大合适？那你把箱底的那块黑布取出来。”

田老从儿子手中接过那块黑布，指着别在上面的一小块金属说：“这是1946年从我右腿骨里取出来的弹片。我看，把这枚钻戒和它别在一起，最合适不过了。你把它别上去吧。”

“爸，我……”田局长吞吞吐吐，欲言又止。

“怎么啦？”

田局长的双手在不由自主地颤抖，以致拿大头针的右手把拿钻戒的左手戳伤了。

几滴鲜血染红了钻戒。

“伤着了？唉，孩子，要做好一件事，必须一心一意，才能善始善终啊；稍不留意，就会伤了自己的。”接着田老便一字一顿地继续说，“当年，你爸的血，染红了这块弹片；如今，他儿子的血染红了这枚钻戒……十指连心哪，孩子，疼吗？”

此时，田局长看见父亲眼里有几滴浑浊的老泪滚下来，意识到这枚钻戒深深地伤了老人的心，于是说：“爸，你让我……把这枚钻戒……退回去吧。”

“退回去？不。你——仍旧要去报警。”

“爸，我不是说过了么——人家不是要害你，而是一番好意。”

“好意？他们的‘好意’既然已经进到了我这个行将就木的老人嘴里，那么，那些大权在握的公仆们恐怕就更难幸免喽。因此，我要你去报警，去纪委报警！把与你有关的这类问题都讲清楚，求得党和人民对你的宽恕……”

田局长走出田老的卧室，已是午夜了。

时刻报警 ◎汝荣兴

这是一篇与同类的反腐倡廉题材作品相比有着非常鲜明特色的作品：一是将故事的矛盾冲突安排在这样的一对父子之间展开，很富深意；二是作品中的细节描写极具表现力，如田老的那个小木箱；三是作品的结尾十分含蓄深沉，发人深省。当然，这篇作品最令人难忘之处，还是在于它所成功塑造的那位曾参加过淮海战役、渡江战役、抗美援朝的田老形象。作为父亲，田老依然保持着他的英雄本色。愿他的儿子田局长最终真能“去纪委报警”。

作品所表现的那种“怎样的父爱”，真的是一种足以使人“甜心”又“让人难以承受”的父爱。

父亲的梨树

胥雅月

父亲来了几次电话催我回家，说是院里梨树上的梨熟了，摘点进城吃吃，要不是他的腿跌伤了，他早送梨进城了。听到父亲这样的电话，我总是支吾着回答他，等休息抽空回家。可心里却想着，回家特意摘些梨进城，像城里没有梨似的，更何况妻一听父亲电话里如此说，更是不以为然，帮我算起账来，回家一趟，时间浪费了不算，那车票钱足够买到几十斤梨。

谁知，中秋节前的一天，父亲突然瘸拐着腿出现在家门口，身后还背着一只蛇皮口袋，像一个行乞的老人。我连忙接过父亲的蛇皮口袋，挺沉！

父亲跟在我身后进屋。提醒着，袋里放的是梨，轻点放下，别碰伤了。一听父亲是送梨进城的，我有点没好气地埋怨起来——爸，你打老远送梨来，干吗？腿还未痊愈！至少进城前，打个电话，好让我去车站接你呀！父亲突遭我一番怨言，傻愣住了。良久，才顿顿地说——你……你们忙，没时间回家摘梨，我总不能看着梨长在树上坏掉呀！再说，中秋节也该用梨敬月呀！父亲几乎涨红了脸来表白自己进城送梨是正确的。

妻回来了，一听说父亲特意送梨进城，她和我同样的心情，刚要说上

几句，被我使眼色阻止了，不过她还是冷冷地撂下一句——爸，你以后再这样，我们不管你了。知道嘛，城里的大街小巷到处都有卖梨的，才 3 毛钱一斤！父亲被妻的话噎得没一声言语，仿佛自己走错了家门。

中午的饭父亲吃得很少。午后，他把蛇皮口袋里的梨一只只拾出来，平放在餐桌上，执拗着回乡了。送父亲去车站的路上，父亲像一个做错事的孩子，耷拉着头瘸拐着走在我的前面，我劝他别把妻的话放在心上，她也是为你好！可父亲只是默默地走路，不时地用手抹自己的眼窝。突然，我有一种愧疚的感觉袭上心来，想挽留父亲住下，他还是犟着走了。

回到家中，我看到餐桌上一只只青翠的梨，突然，眼前恍惚忆起十几年前父亲和我们忙着栽梨树苗的情景……

正当我沉浸在对梨树的追忆中，妻一声“把梨送给邻居吧！”惊醒了我，我木然地拒绝“不！”随手拿起一只梨，皮也未削，一嚼，一股甘泉直涌心田。妻见我如此神情，抢下我的梨，去厨房清洗削皮。等她把去了皮的雪白梨身递给我，我轻声地说，你也该尝一只，家梨真甜！妻或许听出我的话外之音，真削了一只吃起来。她只吃一口，便惊讶得停住了手——这梨，咋这么脆、甜！一点不像市面上卖的！

父亲送来的梨，美美地喂足了我们今年因多雨而厌吃水果的胃，心里想着，父亲不知是用何种方法种出如此甜津津的梨?

一日，我和妻回乡看望父母。到家，父亲去了屋后的田里，只有母亲在，我悄声地说起父亲送梨的事，又顺带一句怪母亲的话，怎么让父亲一人送那么多的梨进城？谁知，母亲听后重重地叹了一口气，说，今年的梨树呀，你父亲费了神了。他早从天气预报中听说今年雨水多。一开春，他就请人在梨树周围竖了四根竹篙。待梨树挂果，再逢雨天，他总是扯上塑料纸替树遮雨，说是这样长熟的梨依然原汁原味！他呀，把这棵梨树当作自己的命根子，有虫也不喷洒农药，宁愿自己站在凳上，踮着脚捉虫；施肥也是农家肥，说是这样的梨才算是绿色产品。一天天，他看着梨长大成熟，他常挂在嘴边的一句话——人老了，不能为子女做些什么，而子女对我们这么孝顺，唯有这树上的梨，让他们甜甜心……

我再也听不进母亲喋喋不休的话语，眼中早已温热起来。走到院中，那梨树旁依然静立着的竹篙，像一束爱的光柱直插云霄——那是一种怎样的父爱呀?！而身旁的妻，更是轻声地说了句——你爸的爱，细腻得真让人难以承受！

充满父爱的“梨” ◎ 汝荣兴

其实，即使父亲一路瘸拐着送来的梨并没有“这么脆、甜”，那也是父亲的一片心意啊，更何况父亲为了这梨的原汁原味而那样细腻地费了神！作品所表现的那种“怎样的父爱”，真的是一种足以使人甜心又“让人难以承受”的父爱。面对这样的父亲与父爱，除了感动和“追忆”之外，我们实在是应该深深地愧疚的。是的，在“父亲的梨树”的比照下，我们即使并没有说过能将父亲“噎得没一声言语”的话，即使再孝顺，我们也都是永远无法报答父亲的那份恩情的啊！

这篇作品以“腊肉”为载体，通过对父亲10年不理不睬的“我”那种复杂的内心感受，表现了父爱的深沉。

父亲的腊肉

邹洋波

父亲住在大山深处的一个小村里，旧式的婚姻，虽说是“天作之合”，但合的实在很少。在我年少的记忆里，几乎全是喝得醉醺醺、满眼通红的父亲和躲在床角抽泣的母亲。有一回，我勇敢地冲上前保护瘦弱的母亲，却被父亲有力的巴掌扇出丈外，从此，怨恨便扎根心中。上大学走的那天，我才有如释重负般的解脱感。在大山的岔路口，我没理会父亲殷殷的目光，只是倔强地看着母亲说：“等我毕业就接您出去。”

3年的大学生活，我坚持不要父亲的钱，一直半工半读。父亲来看过我两次——一次给我送钱；一次接我回家过年，我都避而不见。

毕业后，成了家有了孩子，我不断写信回家，希望母亲能来城里同住，远离可恨的家。却一直没有回音，而我又不愿回那贫瘠的小村，看到那双酒醉后通红的眼睛。就这样一晃，我有10年没回家了。

不记得是从哪年开始，每到过年前夕，我总会收到家乡寄来的腊肉——熏得焦黄焦黄，隐隐散发出松枝的香气。随着腊肉总是附着父亲简短的家信，信末总是千篇一律地插上一句：“明年回不回家过年？”我知道，父亲真的很想我回家，可我怎么也忘记不了 10 年前的那一巴掌和母亲的抽泣。

有一年，不知什么原因，我一直没收到家中的腊肉，整个春节，心里忽上忽下，不安得厉害。过年后上班的第一天，收发室的小曾把我叫住："有你的包裹。"我拿回家一看，满满一箱腊肉——焦黄焦黄，散发着松枝的香气，顿时心里有种说不出的轻松和激动。而母亲包裹中夹的一张小纸条更让我泪水盈眶："……你爹打了盹，肉全焦了，又重熏……砍松枝时，不小心砍着了手，又不肯让我帮他，说你就喜欢他做的腊肉……又怕赶不上春节，你爹就没日没夜守在火旁不敢合眼……"

那天，我平生第一次放声痛哭。我有什么资格去评价父亲的优劣？我以什么标准去衡量父母之间的感情？ 10 年的不理不睬又给父亲多大的打击？ 在他大山似的沉默中，难道真只是那一巴掌和娘的抽泣让我背负了10 年之久的包袱吗？"穷乡僻壤"不就是我时常向人家介绍家乡的评语么！ 父亲从不说我什么，只是默默地用一箱箱沉甸甸的腊肉传递着浓浓的父爱与宽容。

第二年春节，我和妻子带着孩子回到大山深处的老家。父亲高兴得像个孩子，拿出熏得黑乎乎的"礼物"(半斤左右重的腊肉)颤巍巍地沿着山间的小路向乡邻们"报喜"。

临走那天，在大山的岔路口，父亲拉着我的手说："娃，山里住惯了，不习惯城里的生活，别担心咱，倒是你们城里人做的腊肉，赶不上咱用山顶松枝、自个的猪熏得香，今年我再给你熏些去……"

宽　容 ◎ 汝荣兴

是的，"一箱箱沉甸甸的腊肉传递着浓浓的父爱与宽容"。是的，纵然父亲曾扇过我们巴掌，我们也真的没什么资格去评价父亲的优劣，而父亲是多么的希望和需要我们能理解他那"大山似的沉默"啊。这篇作品以

"腊肉"为载体，通过对父亲10年不理不睬的"我"那种复杂的内心感受，表现了父爱的深沉。毫无疑问，即使作品中的这位父亲有千不该万不该，他也还是一位足以让人感动的好父亲，亲爱的好父亲。

在娘那"嗵嗵的心跳声"里，为娘的那种无私的大义与大爱，我们也忍不住要深情地这样叫一声："娘！"

血型符号

马金章

那天夜里，熄灯号悠长的颤音像一只无形的手，一下子揪住了他的心，揪得他七慌八乱：离凌晨五点仅剩7个小时了呀。

"娘，您路上劳累，就先歇吧。"他截断娘绵长无尽的话，抓起军上衣，想赶紧在左口袋上缝上部队代号、姓名和血型。

娘把军衣从他手里扯过来："让娘缝。"

"我会缝。到部队一年，我连被子都会缝呢。"

"会归会，娘在跟前，就该娘缝。"

"是缝字。"他知道娘大字不识一个。

"你用笔写上。依着样儿，娘还能描花绣凤哩。"

他掏出钢笔，在口袋上沿儿一笔一画写上"三三七〇二张强根O型"的字样儿。

"衣上缝字干啥？"娘一边穿针引线，一边问。

"战友这么多，一色一式衣服，缝上字，不易串换，丢了好找。"说这话时，他舌头有点打拐发硬。

娘嗯了一声。沉默了一会儿，停下手中的针线，看着他问："根儿，离家一年了，想娘不？"

他心一紧，但还是用平静的口气说："想娘时，合上眼，娘就到跟前了。"

娘笑了。娘心中盛不下的甜蜜正从她那眯细的眼角溢出来。他入伍离家的那天晚上，娘摸着他的头说："根儿，到了部队，若想娘，就合上眼，心里轻轻喊声娘，娘就到你跟前了。"他当时以为娘开玩笑，可到部队一试，果真灵验。后来，他就把这法儿传给了战友，战友们试了都说灵。他们戏称这法儿为"强根定理"。可这定理的发现者不是他强根，是娘呀。

他端详着娘：娘的头发已由去年的灰白变为银白，脸上的皱纹也加深了一些，像一道道反画的抛物线。娘今天突然来部队，莫非听到了什么风声，还是意外巧合？强根想了想，试探着问："娘也想儿吧？要不，这么远来……"

娘咧嘴笑了："儿是娘身上掉下的肉，想不想，你说呢？"

强根嘿嘿笑了。笑过，心一沉，嗫嚅地说："娘，前一段，我参加了部队高校统考，但没考上。孩儿无能，这辈子，恐怕不能穿 4 个兜儿的军服给娘荣耀了。"说过这些，他不安地看着娘。

娘停住针，用异样的眼光审视儿子一会儿，说："根儿，娘送你到部队，不图你混个一官半职，只求你出息个人样儿。"

娘的话，似一股清凌凌的泉水在儿子心头漫过。强根感到清爽爽、甜丝丝的。

娘这时已缝到"O"字，缝着缝着，娘的手哆嗦起来。娘慢慢抬起头，意味深长地打量着儿子："根儿，这是血型符号吧？"

他惊愣了，娘怎么认识血型符号？

“根儿，你有事瞒着娘。抗美援朝时，送你爸上前线，我给你爸缝衣服，你爸衣服上，就有这么个圈圈儿。”娘的声音发颤。

听了娘这话，强根心头一阵滚热，欣喜和愧疚的泪水夺眶而出，他觉得再也不能隐瞒娘了，他抹着泪水说：“娘，天一亮，我就要随部队，奔赴前线保卫边疆了。”

娘听了什么也没说。

在娘手里，绿军装上红色的圆慢慢合拢了。

“娘。”他一下子扑到娘的怀里。

娘紧紧地搂着儿子。这时，世界上一切声音都不复存在了。他听到的，只有娘嗵嗵的心跳声。

深明大义的母爱 ◎ 汝荣兴

一个血型符号，串联起这个关于既是妻子又是母亲的娘的故事；一个血型符号，既平实又生动地表现了娘那种虽是“什么也没说”，却以其行动胜过了千言万语的大义与大爱。不错，娘的手也会哆嗦，娘的声音也会发颤，但儿子那件绿军装上的那个“红色的圆”，早已在娘的手里“慢慢合拢”，一如娘当年的“送你爸上前线”。于是，在娘那“嗵嗵的心跳声”里，为娘的那种无私的大义与大爱，我们也忍不住要深情地这样叫一声：“娘！”

母亲的苦涩既来自生活，更来自她那曾经对儿子说过的“谎言”。

苦涩的蜂乳

于国颖

她走进琳琅满目的商店，一直向补品柜走去，下意识地。她到这里走过好多趟了，什么也没有买过，今天是最后一次了。她呆呆地看着柜台里那装潢美丽的蜂乳精盒，很久很久……

她辛辛苦苦、蹒蹒跚跚，跨过了人生旅途的第 43 个春秋，还从来没有尝过蜂乳精是什么滋味。儿子说那是甜的，可儿子没有尝过，她也没有尝过。她忽然觉得那蜂乳一定是苦的，或即便是甜的也一定带有苦味。这一盒不知道是苦还是甜的蜂乳精，竟折磨得她死去活来……

她丈夫是个小职员，搞勤杂的，月工资 68 元 9 角整。可她有 3 个儿子，都是 10 年无政府时生下的。平均每人十几元，那日子过得清汤寡水，无法再清淡了。大儿子初中刚毕业，她就战战兢兢地逼着他弃学就工。

“不！妈妈，我要读高中，一定要读，为什么不让我读？”

“你弟弟都小，你要帮爸爸挣钱啊。”她想说得理直气壮，可是话出得口来却是有气无力。

儿子流泪了，几天没有理她。

儿子背着她到建筑工地当小工，整天筋疲力尽泥人似的回到家，她便一阵剜心的内疚。儿子有了二十几元的工资，月月一文不少地交给她。那钱托在手里很沉重，压得她心往下坠。她不声不响地到菜店买回 5 毛钱的肉，吃饭时全夹给了儿子。儿子似乎并不感动，匆匆放下筷子，便把污垢蓬乱的头埋在灯下。儿子在自学高中课程。她坐在屋角暗处，默默地陪着儿子，儿子不睡下她也睡不着……

“妈妈，我想参加今年高考。”那个月底，儿子把工资交到她手上后，犹豫着说。

她没有说话，愣愣地盯着儿子清瘦的脸颊。

“求求你了妈妈。只让我考这一次，考不上我就死心了。”

她默许了，她不忍再伤儿子的心。

儿子居然考了全省第一名，进了名牌大学。邻居们蜂拥来祝贺，羡慕她有个争气的儿子。她不知该欢喜还是忧愁，因为儿子工龄不够，不能带工资上学。

依然清汤寡水。她横下心，咬牙再熬 4 年，等儿子毕业。

一年过去了，儿子又犹豫地站到她面前。

“妈妈，我想考出国留学生。”

“别考了，好吗？早些毕业，回来养家，供弟弟……”她憋了好半天，终于说。

“妈妈，只让我考这一次，考不上我就死心了。”

她又默许了，那一天她觉得天老阴沉沉的。

儿子没日没夜地苦读。5 毛钱的肉不能买了，眼看着儿子一天比一天瘦，她心如刀绞。

“妈妈，明天要口试了。同学说，吃点峰乳精能防止晕场。”

“妈去给你买。”她一口答应。

她赶紧揣着扁扁的钱包去商店了。

她站在补品柜前，呆呆地看着那装潢美丽的蜂乳精盒。5 元多一盒。

5 元多啊！能买多少菜？能买多少肉？她痛苦地犹豫着，走进来，走出去，再走进来……那钱在手里攥得湿成了一团，最终没有拿出来……

“妈妈，买回来了吗？怎么去这么久。”

“妈跑了好几个店，都没有卖的。”她第一次对儿子撒了谎。她慌忙转过身，躲进厨房，偷偷抹去突然涌出的泪水……

“妈妈，别难过。买不到就算了，不要紧。”儿子站在厨房门口，轻声安慰她。

儿子去参加口试了，她一天心里揪揪着。

儿子以优异的成绩考取了赴法留学生。看见她的熟人都像看着英雄母亲一样，对着她绽出花一样的笑容，她却怎么也笑不出来……

一架波音 747 把儿子送到了地球的那半边。打那以后，她便常常跑出家门望天空。

她曾经欺骗了儿子一次。这事实越来越沉重地折磨着她。一日日咀嚼着她的心……她生病了。到医院诊断，才知道是不治之症。丈夫急疯了，发誓倾家荡产，也要用最好的药救她。她反倒平静了，说治不好，就不用治了。

她走进琳琅满目的商店，一直向补品柜走去，下意识地。她呆呆地看着装潢美丽的蜂乳精盒，很久很久……

她终于掏出 5 元多钱，买了一盒。

回到家，她便倒下了，再也起不来了。她躺在儿子曾经睡过的那张窄窄的木板床上，两眼直瞪瞪地盯着灰黑的屋顶，把那盒蜂乳精紧紧抱在胸前：“给儿子……寄……去，寄到……法国去。”

“怎么行？寄费要比买价多好几倍。”丈夫俯下身，凑在她脸前，劝阻道。

她突然转过脸，恶狠狠地盯着丈夫，像盯着一个陌生人。直盯得丈夫毛骨悚然，不得不对着她点了点头，她才合上眼。

从此再没有睁开……

“内疚”的母亲 ◎ 汝荣兴

苦涩的显然并不是那蜂乳，而是我们的父母辈曾经经历过的那个年代——在今天的我们看来，那“5元多”一盒的蜂乳竟然会把妈妈“折磨得死去活来”，简直有些匪夷所思。但那是一个千真万确的事实。而与这样的事实同在的，便是身为母亲那颗苦涩的心。当然，母亲的苦涩既来自生活，更来自她那曾经对儿子说过的谎言。所以，母亲便在用她的生命去弥补自己的内疚。所以，在这篇满是苦涩的作品中，我们最终还是读到了一种浓浓的甜味——这种甜味来自母亲“合上眼”的那一刻。